004
REKI KAWAHARA abec bee-pee
SWORD ART ONLINE
fairy dance
SAO SWORD ART ONLINE

「早啊——哥哥。
那個……就上網啊……」
桐谷直葉§
和人＝桐人的妹妹。國中三年級，
參加的社團是劍道社。

「早啊，小直・怎麼還是一副睡眼惺忪的樣子。
昨天晚上在做什麼？」
桐谷和人
§
成功攻略惡夢遊戲「SAO」的
黑色劍士。別名「桐人」。

「桐、桐人！
等、等等……你一個人是辦不到的！」
莉法 § 桐人在「ALO」裡遇見的少女。
選擇的妖精種族是「風之精靈」。

「或許是那樣沒錯……
但我還是非去不可……！」
桐人
「SAO」最強的「獨行玩家」。
在「ALO」裡則變成守衛精靈的劍士。

「我在這裡啊……！
結衣、桐人——！」
亞絲娜 § 被囚禁在高性能VRMMO
「ALfheim· Online」裡的少女。
「——話說回來桐谷，不對……
應該叫你桐人才對。想不到你真能來到這個地方。
不知道該說你是勇敢，還是愚蠢呢？」
妖精王
奧伯龍 § 現實世界裡的須鄉伸之。深受亞絲娜＝結城
明日奈的父親所信賴，但卻利用這點而不顧
亞絲娜的意志企圖進行策略性婚姻。

「……是哥哥……嗎……？」
「咦…………？小直——直葉……？」

阿爾普海姆

次世代飛行型MMO「ALfheim・Online」的舞台，有著「精靈國度」意義的大陸。阿爾普海姆大略可以分為8個區域，每個區域都有其所屬精靈種族的首都，也都具備特殊的外觀與種族文化。

8個種族分別是以飛行速度與聽力見長的風精靈、擅長使用武器與攻擊的火精靈、長於回復魔法與水中活動的水精靈、耐久力與採掘異常優秀的大地精靈、擁有馴獸與敏捷能力的貓妖、專長是尋寶以及幻惑魔法的守衛精靈、擅長演奏樂器與歌唱的音樂精靈、長於生產武器與工藝的小矮妖、能在黑暗中飛行與擁有夜視能力的黑暗精靈等等。

阿爾普海姆中央聳立著所有玩家的最終目的地「世界樹」，而世界樹根部則有世界最大的都市「央都阿魯恩」存在。

「世界樹」上面據說有傳說中的空中都市，而如果有種族能夠謁見住在那裡面的「妖精王奧伯龍」，就可以轉生為高等種族「光之精靈」。
只要能轉生為真正的「光之精靈」，就能解除系統上的滯空限制而持續不斷飛行，進而成為這片無限天空名符其實的支配者。

SAO SWORD ART ONLINE

「這雖然是遊戲，
但可不是鬧著玩的。」

——「SAO刀劍神域」設計者．茅場晶彥——

SWORD ART ONLINE
fairy dance

REKI KAWAHARA

abec

bee-pee

004

昂首仰望，可以看見微暗的遠方有幾道閃爍的光芒。

但那不是星星，而是由寬廣岩洞頂端垂下來的無數冰柱所發出的微弱燐光。也就是說目前所在位置是在地底洞窟中。問題在於這個地底洞窟的規模實在太過於驚人了。

由所在地到屹立在遠方的壁面，換算成實際距離單位大約超過三十公里。而到達頂端的高度最少也有五百公尺。平面上則散佈無數的斷崖、峽谷，以及凍結成一片雪白的湖泊與雪山，此外甚至還可以見到一些零星散佈的山寨與城堡。

這種規模早已經不能稱為洞窟，而應該稱之為地下廣場，不對，應該是「地底世界」才對。

實際上也是如此。因為這裡是處於精靈國度阿爾普海姆地底的另一個區域，同時也是被恐怖邪神級怪物所支配的黑暗與冰之世界。它的名字便是——

「幽茲海姆」。

5

「哈啾～！」

發出一聲不該出自女孩子口中的粗魯噴嚏聲後，風精靈族的少女劍士莉法急忙用雙手掩住嘴巴。

她迅速看了一下出口的方向。心裡擔心剛才的噴嚏聲會不會讓落單的邪神給聽見，接著它那恐怖的大臉將會出現在入口。幸好只有輕飄飄的雪片從入口吹入。當雪片在靠近小廟地板上的營火時，馬上就在空氣中融解了。

莉法將厚重的外套衣領拉緊之後，退回到廟裡牆壁邊蹲了下來。接著「呼～」一聲嘆了口氣。她用力眨了幾下眼睛，才把溫暖營火帶來的睡意從腦袋裡趕出去。

這間石造小廟是個長寬大概只有四公尺左右的狹小空間。牆壁和天花板上嚇人的怪物浮雕在晃動的火焰照耀之下也跟著扭動，那種模樣讓人看了實在心慌。但是莉法往旁邊一看之後，就發現那個將背靠在牆上席地而坐的同行者，正以非常安穩——或者應該說是一臉蠢樣地打著瞌睡。

「喂，快起來——」

莉法一邊小聲說著一邊拉了一下對方尖銳的耳朵，卻只有得到同行者的幾句夢話回應。至於另一名夥伴小妖精，則是已經在他膝蓋上縮成一團睡著了。

「喂，睡著就會直接登出囉——」

莉法又拉了一下對方的耳朵。結果同行者的頭直接就往莉法大腿上一躺，然後開始蠕動找尋最舒服的位置。

莉法嚇得挺直了背部，雙手在空中不斷開合，心想著到底要怎樣打醒他才好。

不過話說回來，在這種狀況之下也難怪他會打瞌睡。

因為出現在視線下方的現實世界時間早已經超過凌晨兩點。通常莉法自己在這種時候也早已登出，然後在床上熟睡了。

是的，這座幽茲海姆——以及位在其上的一整片阿爾普海姆並不是真正的異世界。它們是構築在伺服器內部的假想世界，而伺服器目前應該放置在真實世界裡日本國首都東京的某處。莉法和同行者都是使用一種名為「AmuSphere」的遊戲機來完全潛入這個世界。

要脫離這個假想世界其實相當簡單。只要左手的食指和中指一起往下一揮，然後在出現的主選單視窗上按下「Log Out」按鍵就可以了。或者是只要在這個地方熟睡，當機器探測出腦波變化時便會自動中斷連線。而早上便會在現實世界的床鋪裡醒來。

但現在因為某些原因，使得他們必須抵抗強烈睡意來讓自己保持在清醒狀態。

因此莉法只好狠下心來用左手握著拳頭，然後朝同行者那尖尖的頭髮正中央敲了下去。

「哐噹」的輕快效果音伴隨著肉體攻擊的特殊黃色效果閃光響起，同行者也發出奇怪的叫聲跳了起來。莉法微笑著對用兩手按住頭部到處亂看的他說道：

「早安啊，桐人。」

「早、早安…………」

同行者是個有著淺黑色肌膚與一頭黑髮的守衛精靈族劍士，名叫桐人。原本有著少年漫畫主角那般豪放面容的他，這時卻以一臉沮喪的表情問道：

「……我睡著了嗎？」

「還靠在我的大腿上哩。只捶你一拳算是便宜你了呢。」

「……那真是不好意思。為了道歉，莉法也可以在我大腿上睡……」

「不用了！」

她用力別過頭去，不斷斜眼瞪著桐人。

「別再說蠢話了，趕快用你在夢裡想到的好主意來脫離這鬼地方吧？」

「夢……妳這麼一說我倒想起來了……我差點就能吃到巨大的水果奶油布丁了呢……」

「我真是傻了才會問你這個問題」莉法一邊這麼說一邊無力地垂下肩膀。接著她又看了一下小廟的入口，結果還是除了在黑暗中隨風飛舞的雪片之外，就沒有別的動靜了。

至於為什麼會無法登出，那是因為莉法、桐人以及在他膝蓋上呼呼大睡的小妖精結衣，現在都被困在幽茲海姆這個地底世界，沒辦法回到地面上去。

當然他們可以隨意離開這個遊戲。但是這座小廟既不是旅館也不是安全地帶，所以就算意識回到現實世界，沒有靈魂的遊戲角色也還會殘留在現場一段時間。

而被留下來的遊戲角色可以說非常容易吸引怪物。在這種情況下一旦遭受襲擊，角色便只能毫無抵抗地減少ＨＰ，沒兩下就會「死亡」然後被送回存檔地點「司伊魯班」去。這麼一來，他們遠道由風精靈領地到這裡來就變得毫無意義。

莉法和桐人的目的是到阿爾普海姆的中央都市「阿魯恩」去。

他們是今天——正確來說應該是昨天晚上才由司伊魯班出發。兩人飛過廣大的森林地帶，穿越漫長的礦山隧道，還擊退了敵對勢力火精靈的襲擊。最後在風精靈領主朔夜的感謝中與他們告別時，已經是超過凌晨一點了。

途中雖然去上了幾次廁所而休息了一下，但這時也已經連續潛行達八個小時。這時央都阿魯恩看起來還在遙遠的彼方，不可能馬上就到達。於是莉法他們便決定讓旅途先在這裡告一段落，到附近村落的旅館裡登出遊戲。因此他們便降落到剛好映入眼簾的森林村落裡。

當時就算麻煩，也該叫出地圖來確認一下村莊的名稱與裡面究竟有沒有旅館才對。想不到

「沒想到——竟然整座村莊都是怪物的擬態……」

似乎剛好回想起同一段記憶的桐人嘆了口氣之後這麼說道。莉法也跟著嘆了口氣後點了點頭。

「就是說啊……到底是誰說阿魯恩高原沒有怪物出沒的！」

「好像是莉法妳說的吧……」

「我不記得有說過這種話。」

他們倆持續著這種無力的鬥嘴，然後又一起嘆了口氣。

莉法和桐人降落到神祕村落裡時，剛開始只是懷疑怎麼沒有任何居民——也就是NPC的影子。但是當他們覺得至少會有旅館的店主而準備進入最大建築物的瞬間……

構成村子的三棟建築物全部同時崩毀。他們還沒時間為忽然變成光滑肉瘤的旅館感到驚訝，腳下的地面就忽然裂開，底下則是不停蠕動的暗紅色洞窟。沒錯，在他們眼中看起來像村莊的物體，其實是埋在地面下的恐怖巨大蚯蚓怪物，利用嘴巴周邊突起物變化而成的誘餌。

莉法和桐人，以及在桐人胸前口袋裡的結衣全被這股強烈的吸力給吞噬。當他們被巨大蚯蚓的光滑消化管不斷向前搬運時，莉法心想如果就這樣被胃酸溶化的話，可以確定這絕對是她玩ALfheim Online一年來最糟糕的死法！

所幸莉法他們並不合蚯蚓的口——正確來說應該是不合牠的胃才對，在歷經三分鐘左右的消化器官之旅後，終於被牠給排放了出來。莉法一邊因為全身沾滿黏液的感覺而起雞皮疙瘩，一邊準備用背後翅膀來減低掉落速度時，卻又發生讓她更為驚恐的情形。

她竟然無法飛行。就算肩胛骨再怎麼用力，再怎麼讓翅膀震動也無法產生浮力。她和接著被排出來的桐人便在不知名的微暗中直線落下，最後「磅！」地一聲埋在深深的雪地裡面。

莉法拚命掙扎後，終於將臉由雪地裡拉出來。此時首先映入眼簾的，是一整片廣闊的岩壁，取代了原來有著月亮與星光的夜空。當她心裡想著「嗚哇，原來是洞窟，所以才飛不起來」，然後繃著臉環顧四周時，立刻發現眼前的雪原上有抬頭才能看清楚的異形正緩慢移動當中。那無疑是在照片裡才見過的「邪神級怪物」。

待在她身邊的桐人原本正張開嘴巴準備大叫，但莉法在急忙全力按住他嘴巴的同時，也了解自己究竟來到了什麼地方。自從潛入ＡＬＯ後，她首次來到這個一望無際的地底世界，同時也是難度最高的練功場「幽茲海姆」。也就是說，那隻巨大蚯蚓不是要捕食玩家，而是為了把玩家強制移動到這個冰之國度的陷阱。

好不容易躲過足有五層樓高的多腳型邪神後，莉法他們才狼狽地找到這間小廟並躲進來避難，接著還在裡面討論起該如何應對目前的狀況。但是在這個無法飛行的地方，可以說根本沒有簡單的脫出方法，所以這一個小時以來他們只能蹲在牆邊盯著營火發呆——這就是他們目前的狀況。

「那個……別說離開的方法了，我根本連這個幽茲海姆是什麼樣的練功場都不知道啊……」

好不容易才將瞌睡蟲趕跑的桐人，用恢復銳利視線的黑色瞳孔，邊看著外面的黑夜邊這麼說道。

「在到這裡來之前，風精靈領主她們確實提過這個地方對吧。當我把手裡的金錢交給她們時，她們確實說過『要在幽茲海姆進行野營狩獵來打倒邪神等級的怪物，才有可能賺到這種金額』這種話吧。」

「啊——嗯，確實說過。」

莉法一邊點頭一邊回想。

在被大蚯蚓吞進去的不久前，正當風精靈族與友好的貓妖族正在舉行領主會談之際，敵對種族火精靈趁他們不注意時前來偷襲這次的聚會，莉法和桐人由敵人的大部隊手中解救了兩位領主。當時桐人還把巨額的金錢交給領主她們，表示要讓她們拿去當成軍隊資金。收到大量貨幣的風精靈領主朔夜當時確實曾說過這樣的感想。

「……話說回來，桐人你是在哪裡賺到那麼多資金的？」

面對莉法這突如其來的問題，桐人支支吾吾了一陣子後才這麼回答：

「那是一個以前對這個遊戲非常著迷，現在已經砍帳號的朋友送給我的……」

「這樣啊……」

確實常常聽說砍帳號的玩家會很大方地將裝備與金錢送給朋友。莉法似乎可以接受這樣的說法，於是又回歸本題說道：

「剛才說到哪了？對了，就算朔夜曾這麼說又怎麼樣？」

「沒有啦，既然領主都那麼說了，那就表示也有玩家在這個練功場進行狩獵對吧？」

「好像是有沒錯……」

「那就表示除了剛才那隻巨大蚯蚓的單向通路之外，也有能雙向通行的道路存在才對囉。」

莉法這時才理解桐人究竟想說些什麼，於是她點了點頭後回答說：

「應該是有沒錯……雖然說我也是第一次到這個場所來，所以並沒有實際走過，不過央都阿魯恩的東西南北確實都各有一座大型迷宮，而迷宮最深處就有通往幽茲海姆的階梯。地點是在……」

莉法揮了一下左手叫出選單，然後把地圖顯示出來。幾乎是圓形的幽茲海姆平面圖雖然被顯示出來，但由於莉法幾乎沒有到過裡面的任何區域，所以除了現在所在地的周邊之外全部都是一片灰色的狀態。她說完之後便用右手食指依序在平板地圖的上下左右各指了一下。

「應該是在這裡、這裡、這裡和這裡。我們現在的小廟是在中央與西南壁的中間左右，所以最近的應該是西邊或南邊的階梯。只不過……」

她聳了聳肩後繼續說道：

「有階梯的迷宮裡面當然都有邪神守護著。」

「那邪神大概有多強呢？」

面對桐人這種不知死活的問題，莉法先是橫眼瞪了他一下後才繼續說道：

「就算你再怎麼強，這次也是派不上用場的。據說這個練功場開放之後馬上就衝進來的火精靈大隊，在遇上第一隻邪神時立刻就被全滅了。連你剛才經過一番苦戰才獲勝的尤金將軍，聽說獨自一個人遇上邪神也絕對撐不過十秒鐘。」

「……那可真是棘手……」

「據說現在要在這裡進行狩獵，至少要有負責防禦的重武裝玩家、高殲滅火力的玩家、擔任支援・回復的玩家各八個人才能夠存活。像我們這兩個輕裝劍士，只夠出去讓邪神一腳踩扁而已。」

「我可不想被踩扁。」

桐人雖然點頭同意，但暗地裡似乎燃起了挑戰心般地不斷動著鼻子。莉法又瞪了他一眼之後才開口繼續說：

「總之我們九成九連迷宮都到不了。在這種距離之下，走在路上時遇見落單邪神，只要被牠盯上我們就是只有死路一條了。」

「這樣啊……在這個區域裡面又不能飛行……」

「沒錯。要有日光或月光的地方才能恢復翅膀飛行能力。但正如你所見，這裡沒有這兩種光線……唯一只有闇精靈在地底也能夠稍微飛行一段時間……」

說完之後，他們便互相看了一下對方的翅膀。無論是風精靈莉法背後的淺綠色翅膀，或者是守衛精靈桐人的灰色翅膀，這時都失去燐光而萎縮了起來。失去飛行能力的精靈根本就只是尖耳的小丑罷了。

「這樣的話，最後希望就是能加入剛才莉法所說的狩獵邪神大隊，然後跟他們一起回到地面上去……」

「是沒錯啦……」

莉法點了點頭之後，便將視線往小廟外面看去。

微暗的藍色當中所能見到的，就只有一望無際的雪原、森林以及屹立在遙遠彼方的異形城堡。當然，那座城堡裡一定有魔王級的邪神與牠的一大堆部下，當莉法他們接近的瞬間八成就會有讓人很不愉快的事情發生。當然也看不到其他玩家的蹤影。

「……這個幽茲海姆是為了取代地上的高級迷宮，最近才剛追加進來的最困難區域。所以會來這裡的隊伍大概都在十組以下。這些隊伍在偶然之間來到這座小廟附近的可能性，可能比只靠我們自己贏過邪神的機率還要低……」

「看來真的得靠我們的運氣了。」

桐人只能無力笑了笑。接著他看向在他膝蓋上熟睡，身高只有十公分左右的少女，然後伸出右手食指來戳了一下她的頭。

「喂──結衣，快醒醒啊──」

聽見他的呼叫之後，少女長長的睫毛動了兩、三下，接著包裹在粉紅色洋裝的嬌小身體才撐了起來。結衣用右手掩住嘴巴，左手高高舉起，打了一個大大的呵欠。她這樣的動作實在很惹人憐愛，讓莉法一個不小心就看呆了。

「呼啊……早安啊──爸爸、莉法小姐。」

小妖精以銀鈴般聲音打著招呼，而桐人則是溫柔地對她說道：

「早啊，結衣。可惜現在還是晚上，而且我們也還在地底。可不可以麻煩妳搜尋一下附近有沒有其他玩家在？」

「我知道了。請稍等一下……」

結衣點點頭之後閉上了眼睛。

跟在桐人身邊的小妖精結衣，其正式名稱是「導航妖精」，任何人只要付出額外的費用就可以由選單裡面呼叫他們出來。但是就莉法所知，導航精靈通常只會用毫無感情的合成音唸出輔助系統裡的記載事項，從沒見過像結衣這樣有豐富感情表現的個體。應該說根本就沒聽過還有自己專屬姓名與個性的導航妖精。

莉法一邊想著重複招喚同一隻精靈的話是不是就能夠和他變得這麼熟稔，一邊等著結衣開口說話。

過沒多久，睜開眼睛的小妖精，很抱歉似地垂下了長耳朵，甩動黑色的長髮說道：

「對不起，在我可以讀取的檔案範圍內沒有其他玩家的反應。應該說如果當初我有注意到那個村莊沒有登錄在地圖上的話，現在就不會……」

坐在桐人右膝上的結衣沮喪地低下頭，而莉法則反射性用指尖摸著她的頭說：

「別這麼說，那不是結衣的錯。畢竟那時候是我拜託妳專心警戒周圍有沒有其他玩家的。所以妳千萬不要在意。」

「謝謝妳……莉法小姐。」

看著結衣以濕潤的眼眸望著自己，讓莉法實在無法相信眼前的這個妖精居然是由程式碼所驅動的。莉法露出一個發自內心的微笑，輕輕摸了一下結衣的臉頰之後看向桐人。

「嗯，這樣的話就只有奮力一搏了。」

「什麼奮力一搏……？」

莉法對著桐人豪氣地一笑，接著開口說：

「當然是試試看我們能不能靠自己回到地面上囉。反正繼續坐在這裡也只是浪費時間而已。」

「但、但是妳剛才說絕對不可能成功的不是嗎……」

「我是說九成九不可能成功，所以要賭在那百分之一的可能性上。其實只要看出落單邪神的移動模式，然後慎重行動的話就有可能成功。」

「莉法小姐好帥！」

莉法對努力拍著小手的結衣眨了一下眼睛，接著便準備站起身來。

但這時桐人卻拉住她的袖子，用力把她拖了回來。

「做、做什麼？」

莉法一個踉蹌後坐回地面，原本打算要開口抗議，但看見桐人在至近距離之下的眼神後又閉上了嘴巴。桐人就這樣一直凝視著莉法，然後以非常正經的口氣堅定地說道：

「不……妳還是在這裡登出吧。我會守護妳的角色直到消失為止。」

「咦？為、為什麼？」

「現在已經超過凌晨兩點半了。妳說過自己在真實世界裡是學生吧？今天妳已經為了我連續潛行超過八個小時以上，我不能再讓妳陪我耗下去了。」

「…………」

這突如其來的說詞讓莉法沒辦法做出反應，而桐人則是凝視著她繼續平靜地說道：

「光是直線前進都不知道要花多少時間了。現在還要一邊躲開那種超大型怪物的搜敵範圍一邊移動，實際移動距離可能要加倍也說不定。就算能夠安全到得了階梯應該也已經天亮了。雖然我自己有非到阿魯恩去不可的理由，但今天不是假日，所以妳還是登出去休息比較好。」

「我……我……我不要緊，就算熬個一整晚也……」

莉法勉強擠出笑容，正準備搖頭的時候——

桐人卻在此時放開她的袖子，以中止這段談話的氣勢向她低頭說道：

「莉法，一直以來真的很謝謝妳。如果沒有妳，光是收集這個世界的情報就不知道要花掉我多久的時間。因為有妳才讓我只用了半天時間就能到這個地方來。我真的不知道該如何向妳道謝才好。」

「…………」

莉法無法忍受胸口突如其來的刺痛，只能用力緊握雙拳。

她不知道胸口為何會如此地疼痛。但是她的嘴唇幾乎是自動張開，然後勉強擠出僵硬的聲音。

「我、我也不是為了你才這麼做的…………」

「咦……」

把視線由抬起頭的桐人身上移開後，莉法用僵硬的聲音繼續說道：

「是……是因為我自己也想要來才能一路陪伴你到這裡。我還以為你能了解呢。什麼叫不能讓我再耗下去了。難道你認為一直以來我都是在勉強自己跟你同行嗎？」

AmuSphere讀取到莉法內心湧起的感情，直接忠實地讓她兩眼的淚水即將奪眶而出，她只好用力眨了幾次眼睛將眼淚擋回去。坐在桐人膝蓋上的結衣一臉擔心地交互看著兩個人，而莉法則像是要逃開她的眼神般朝著小廟出口站起身來。

「今天的冒險……是我玩ＡＬＯ以來最愉快的經驗。有好多事情都讓我興奮不已、心跳加速。讓我好不容易開始相信，這裡也是另一個真實的世界，但現在卻……！」

她用右臂迅速擦乾雙眼的淚水，接著就往黑暗的外頭衝去。

就在這一瞬間——

忽然有股不像雷鳴也不像地鳴的巨大怪異聲響在極近的距離內響起。

這道「吼嚕嚕嚕嚕」的聲響，無疑是從超大型怪物喉嚨裡所發出來的咆哮聲。接著足以讓地面產生搖晃的腳步聲也跟著響起。

莉法內心一邊想著「糟糕，剛才的叫聲把落單邪神給引過來了，我這個大笨蛋！」並因此而自責，一邊決定自己當誘餌來把邪神引開。於是她再度準備往外衝去。

但是不知何時已經站在她身後的桐人卻用力抓住她的左臂要她留下來。

「放開我！我來把敵人拖走，你就趕緊趁隙離開……」

雖然她壓低聲音如此囁嚅道，但旁邊的桐人卻以敏銳目光看著外面然後迅速說道：

「不，等一下。情形有點奇怪。」

「有什麼好奇怪的……」

「敵人不只有一隻而已。」

聽見這句話後莉法急忙豎起耳朵，結果由邪神發出來的咆哮，除了一道類似大型引擎的重低音之外，還混雜著一道類似寒風的咻咻聲。莉法先是屏住呼吸，然後才準備將抓住自己的手臂甩開。

「如果是兩隻的話那我就更應該出去！等你被其中一隻給盯上就來不及了！死亡的話就得從司伊魯班重新出發唷？」

「不是那樣的，莉法小姐！」

乘在桐人肩膀上的結衣輕聲叫道。

「接近中的兩隻邪神級怪物……似乎正在互相攻擊！」

「咦？」

莉法眨了幾下眼睛之後，再度把注意力集中在耳朵上面。接連不斷的震天腳步，聽起來確

實不像是直線前進，而像是在滾動般的不規則震動。

「但、但是……怪物之間互相攻擊，這究竟是……」

莉法瞬間忘了幾乎壓垮心臟的悲傷，茫然地低聲說道。結果桐人像是下定決心般這麼囁嚅著：

「我們去看看到底怎麼回事吧。這種小廟也不是防空洞，一直待在裡面也不是辦法。」

「說、說得也是……」

兩人互相點了點頭之後，莉法將手放在長刀之上，然後跟著桐人往雪花紛飛的微暗空氣中走去。

才走了幾步，聲音來源的兩隻邪神馬上就映入他們眼簾。由小廟東邊不斷接近的牠們，簡直就像兩座晃動的小山一樣。高度應該有將近二十公尺吧。兩隻的色澤都是邪神級怪物特有的藍灰色。

定眼一看之下，可以發現兩隻的大小有些微差異。發出「吼嚕嚕嚕」那像發電機般吼叫聲的個體比「咻咻咻」啼叫的個體還要大一點。

而大型邪神還可以說稍微有一點人類的形狀，牠有著三張直向連在一起的巨大臉孔，臉孔旁邊還長出四根手臂宛若巨人。那類似邪教神像的四方形臉孔各自發出「吼嚕、吼嚕」的叫聲，聽起來簡直就像引擎連續發動的聲音。此外四隻手上還輕鬆揮舞著像工地現場鋼筋般的四角形巨劍。

另一方面，較小型的邪神則已經不知道該怎麼形容牠的外形了。巨大耳朵與長長鼻子讓牠的臉就跟大象一樣，但後面身體卻是像饅頭般的扁平圓形，而支撐這種身體的則是將近二十隻左右帶有鉤爪的長腳。整體來說，大概就像是——有著象頭的水母吧。牠雖然伸出尖銳的爪子來逼退巨人的攻擊，但爪子卻被像暴風般的四角鐵劍擋住而根本沒辦法抓到巨人的臉。小型邪神因此不斷被逼退，每當劍前端砍過饅頭型身體時，就會有全黑液體像霧一般飛散。

「這……這到底是怎麼回事……」

莉法已經忘了要隱藏自己的身體，只是茫然地如此呢喃著。

ＡＬＯ裡面通常只有在三種情形之下怪物才會互相攻擊。第一就是某一邊的怪物是擅長於馴獸技能的貓妖族玩家所操縱的「寵物」。第二種情形就是某一邊受到音樂精靈所演奏的樂曲所煽動。再來第三種就是被幻屬性的魔法給迷惑了。

但是這三種情形很明顯都不適用於現在眼前進行的死鬥。如果是寵物的話目標箭頭應該會變成黃綠色，但兩隻邪神的箭頭都還是一般怪物的黃色。空氣中能聽到的也只有兩隻邪神的吼叫聲與震動聲，根本沒有音樂，甚至也見不到任何幻惑魔法發動時的光線效果。

莉法他們只能呆站在那裡看著這場大戰，而兩隻邪神也絲毫不在意他們的目光，只是不斷進行著激烈的死鬥。目前依然是三頭巨人佔優勢，象水母屈居劣勢的情況。最後象水母的一隻腳被巨人用劍從根部完全打斷，飛出來的腳就掉在莉法他們附近，讓他們的身體隨著震動而搖晃著。

「喂、喂，繼續待在這裡好像不太妙吧……？」

身邊的桐人雖然如此呢喃著，但莉法點了點頭之後卻還是沒有任何行動。因為她的目光沒辦法從象水母身上移開，從傷口迸發出來的血液將白色雪原染成一片黑色。

受傷的象水母發出一聲尖銳的「咻咻」聲後，再度試著逃離現場。但是巨人似乎不打算讓對方逃走，牠除了往象水母如饅頭般的身體撲過去之外，手中的鐵劍還更用力往象水母身上招呼。無法承受壓力而倒在地上的象水母，發出的聲音也愈來愈虛弱了。牠灰色外皮上被劃下好幾道殘忍的傷口，而巨人的劍更是無情地對傷口不斷發動攻擊。

「救救牠吧，桐人……」

當這句話由自己的口中說出來的時候，莉法也感到十分驚訝。桐人臉上先是出現比她驚訝三倍左右的表情，接著又交互看著莉法和兩隻邪神，最後才簡短地問道：

「救、救哪一邊？」

確實，跟勉強還算是人類形狀的巨人相比，象水母的外型確實是相當驚悚。但這種情況之下其實根本就不用多加考慮了。

「當然是被欺負的那邊囉。」

桐人面對馬上這麼回答的莉法，提出了一個非常簡單的疑問。

「怎、怎麼幫？」

「這個嘛……」

這次莉法實在沒辦法馬上回答。因為她自己也沒有任何點子。但就在她猶豫該怎麼辦的時候，象水母的青灰色背上已經又多了好幾道傷痕。

「…………桐人，你快想點辦法！」

莉法在胸前握緊雙手如此大叫著，但守衛精靈的少年也只能看著天空然後用兩手搔著滿頭黑髮。

「要我想辦法我也～」

但這時候桐人的手忽然停了下來，接著再度凝視著兩隻邪神。他瞇起雙眼，黑色瞳孔深處閃爍著腦內正進行高速思考的光芒。

「……如果那種外型有其意義的話……」

桐人低聲說完之後，忽然看起四周環境，接著又小聲地對肩上的結衣說道：

「結衣，附近有什麼有水的地方嗎？無論是河川或湖泊都可以！」

結果小妖精不問理由馬上就閉起眼睛，然後迅速點頭回答：

「有的，爸爸！北方約兩百公尺左右的地方，有一座結冰的湖泊！」

「好……聽好囉莉法，我們要拚命跑到那裡去。」

「咦……咦？」

外型——是指那個三頭四臂的巨人嗎？那跟有水的地方又有什麼關係呢？

桐人不理會充滿疑惑的莉法，輕推了一下她的背部之後，便直接從腰帶裡拔出類似釘子的物體。那應該是投擲用的錐子才對，但莉法至今為止從沒見過有人使用這種武器。那是因為在ALO中有魔法這種超強力的遠距離攻擊方法，所以修練這種單調的武器投擲技能可說是一點意義都沒有。

但是桐人卻相當熟練地一邊將全長十二公分左右的錐子在手指上轉動著，一邊做出投擲的動作。

「……要去囉！」

他的右臂隨著準備投擲的聲音以迅雷不及掩耳的速度揮出，鐵錐帶著藍色光芒在空中一直線飛去——

飛錐直接命中三頭巨人最上方的臉那發出暗紅光線的兩眼之間。

令莉法驚訝的是，巨人的HP值竟然微微減少了大概一個畫素左右。那種像玩具一樣的武器竟然可以貫穿邪神級怪物的堅強裝甲，可見他的飛劍技能一定經過相當程度的鍛鍊。

當然這點傷害對邪神那龐大的HP值來說根本就不值得一提，但這種時候最重要是要讓對方產生損傷。因為——

「吼吼吼嚕嚕嚕嚕嚕嚕！」

發出這樣的吼聲後，巨人那三張臉與六隻眼睛都轉了過來，這就是牠已經把目標從象水母轉到莉法與桐人身上的最佳證明。

「……要逃囉！」

桐人大叫完之後，馬上轉向北邊然後踢起雪片全力往前衝。

「等等……」

莉法只能不斷開合著嘴巴，然後急忙從後面追上逐漸遠去的守衛精靈。緊接著後面馬上有震天的咆哮與震動傳了過來。巨人立刻開始追起他們兩個人。

「等等……不……不要啊啊啊啊啊啊！」

莉法一邊發出悲鳴，一邊將腳底下的速度提升到極限。但前面的桐人卻以不輸奧運短跑選手的漂亮姿勢，持續拉開與莉法之間的距離。雖然在貫穿地面山脈的「魯古魯迴廊」中她就已經體驗過桐人逃走的速度，但被丟下來的話可就一點都不好玩了。

「太～～過～～分～～了！」

在莉法發出尖叫聲當中，背後的巨大震動聲也持續不斷接近。邪神身高大概有莉法的十三倍，所以兩者之間步伐的差距應該也是這樣的倍數吧。莉法一邊擔心那像鋼筋的大劍會不會馬上揮下來，一邊用盡全身力氣——正確來說應該是腦部所發出來的運動命令來追上桐人。

結果前面的黑衣少年忽然啪沙一聲將雪踢散然後停了下來。接著他又轉過身子，張開雙臂來擋住莉法。即使是在這種情況之下，被對方這樣抱在懷裡，莉法還是羞紅了臉頰。她一停下來後馬上轉頭往後看去。

三頭巨人已經接近到抬頭就能看見的嚇人距離。再過幾秒鐘馬上就能追上他們了。要是被牠的鐵劍打中一下，身為輕裝戰士的桐人和莉法，ＨＰ值一定馬上就會歸零。

——你到底打算做什麼！

正當莉法以不成聲音的音量對緊抱著自己的桐人如此問道時……

由地底傳出了「啪嘰啪嘰」這樣奇異的聲音。

那是巨人宛如大樹般的腳踩破埋藏在雪面下冰層時發出的聲音。桐人之所以會停下來，是因為這裡是被積雪覆蓋的廣大結冰湖正中央。

大概十五公尺前方的雪原整片下陷，陰暗清澈的水面整個露了出來。三頭巨人掉下自己所創造出來的湖泊裡，接著馬上激起一條高高的水柱。

「就、就這樣沉下去吧……」

莉法拚了命地祈禱，但事情果然沒有那麼容易解決。巨人馬上就有一個半的臉孔露出水面，接著啪嚓啪嚓撥著水往他們這裡前進。看來牠是用兩條手臂當成槳在湖面下划水。全身就像岩石一樣的邪神竟然如此會游泳。如果讓牠沉到湖底就是桐人的作戰，那他的賭注可以說完全失敗了。

莉法站起身來決定至少要再跑一段路，但抱住她的桐人卻是一動也不動。他用幾乎快觸犯性騷擾防範規範的力道壓住莉法，然後一直凝視著迫近的巨人。

「……啊，難、難道說，你……」

——「想直接就這樣死亡嗎」的直覺閃過莉法腦海裡。

就像他剛才曾經說過的，為了讓莉法能夠登出而準備和邪神同歸於盡，然後再度從存檔地點風精靈首都司伊魯班出發。

莉法絕不允許他這麼做。莉法光是今天和他一起同行，就能感受到桐人想到央都阿魯恩中心點「世界樹」去的強烈決心了。這名守衛精靈少年是為了要去世界樹上見一名等待他的人，才會進入ＡＬＯ，然後歷經千辛萬苦而來到這個地方。

「不行，你快點逃……」

莉法雖然掙扎著想從他懷中逃離，但她嘴裡的細微叫聲這時又被另一道水聲給掩蓋過去了。

嚇了一跳的莉法往聲音來源看去，隨即看到迫近的三頭巨人身後又出現了一道新水柱。

「咻嚕嚕嚕！」的吼叫聲無疑是來自剛才不斷被巨人欺負的象水母。虧他們已經把巨人拖走了，牠卻自己又從後面追了上來。

莉法瞬間忘了自己的狀況，只是驚訝地瞪大了眼睛——

先是水面被分割開來，然後象水母將近二十隻腳全部纏上了巨人的臉與手臂。

巨人立刻發出「吼嚕吼嚕！」的憤怒叫聲並且揮舞手裡的鐵劍。但是在水裡揮劍的動作相當遲緩，根本無法擺脫對方腳的糾纏。

「……原、原來……」

莉法用沙啞的聲音輕聲說道。

那頭象水母原本就是生長在水裡的邪神。在陸地上的時候，有大半的腳為了支撐牠那巨大的碗型身體而派不上用場，但現在進入湖裡面之後整個身體便浮在水面上，全部的腳都可以拿來攻擊。相對地巨人需要用兩條手臂來游泳，攻擊力已經被削弱了一半。

也就是說，桐人剛才嘴裡的「外型」指的原來是象水母邪神。現在一想起來水母確實是水裡的動物，莉法對於自己連這麼簡單的事情都沒注意到而感到喪氣，進而更握緊了雙手。

象頭邪神以如魚得水，不對，應該說是以水母得水的氣勢壓制著三頭巨人，讓巨人的頭整個沉到水底。兩頭超大型怪物的纏鬥濺起了滔天巨浪，浪花在碰到了冰岸之後噴出大量水沫。

這時象水母發出更為尖銳的叫聲，然後身體開始發出藍白色光芒。光線接著變成細微的火花，透過二十隻腳流入水中。

「啊……」

「太棒了！」

莉法與桐人同時大叫了起來。三頭巨人的ＨＰ開始急遽減少。利用觀測技能一看之下，發現每當火花閃爍時三頭巨人高達數十萬的ＨＰ值便不斷下降。

也許是巨人的最後悲鳴吧，水面下閃爍了數次紅色閃光，然後浮起了好幾道蒸氣柱，但這些對水母邪神的ＨＰ值沒有任何影響。不久之後，吼嚕嚕的吼叫聲開始慢慢減少，最後完全停止——緊接著便產生超大規模的多邊形爆發效果，讓莉法的視線完全看不見東西。

瞬間莉法將自己的臉轉向旁邊。當她把頭轉回來時，留在現場的箭頭便只剩下一個而已。

咻嚕嚕嚕嚕嚕嚕……一陣類似勝利的吼叫聲之後，象水母將自己所有的腳高舉起來。接著又馬上將它們放了回去，開始在湖面上游起泳來。

當牠巨大的身體爬上岸邊時，身上流下來的水簡直就跟瀑布一樣。莉法一邊吞著口水，一邊看牠踩著冰雪向他們走過來。

邪神愈來愈接近的沉重腳步讓莉法他們的腳底隨之震動，而當牠停在他們眼前時，可以再度感受到牠確實十分巨大。光是一隻與巨人作戰時看起來像細小觸手般的腳就足足有兩手合抱起來那麼粗。那些腳就像高聳入雲的大樹一樣，讓他們只能看見饅頭型身體的輪廓。

牠身體前面的頭部實在與大象非常相似。臉頰兩旁圓滾滾像耳朵的部分或許應該稱為鰓還比較合適，臉孔下方有著與腳差不多長的鼻子垂下來。兩邊各有三個像黑色鏡頭般的眼睛正發出光芒，雖然這看起來有些嚇人，但由於排列形狀就跟飯團一樣，所以整體的表情倒還算是逗趣。

「那我們接下來該怎麼辦…………」

桐人輕聲說道。

莉法確實說過要幫助這隻有點像大象的邪神，但接下來的行動她就完全沒有想過了。現在停在他們眼前的是一隻恐怖的邪神級怪物，而且箭頭也依然是代表敵人的黃色，只要牠那帶有銳利鉤爪的腳往下一踏，莉法他們一定馬上就會魂歸西天了。

但是反過來說，現在這一刻牠沒有發動攻擊就已經是很不尋常的現象。像幽茲海姆這種高級的練功場，所有怪物一旦在視線裡發現玩家的蹤影，應該馬上就會像抓狂般發動攻擊才對，既然牠沒有這麼做的話，是不是靜靜待著象水母就會自動離去了呢……

但莉法這樣的想法在一秒鐘之後便被打破了。邪神發出一聲「咻咻」的啼叫後，長長的鼻子就往他們兩人伸了過來。

「咿……」

原本桐人已經準備向後逃走，但至今為止一直沒有發言的小妖精結衣，忽然用可愛的手把他的耳朵拉了過去。

面。

「不要緊的，爸爸。這孩子沒有在生氣。」

……孩子？莉法聽見這種稱呼之後差點沒讓下巴整個脫臼——

前端分裂開來的鼻子一下就把他們兩個給捲了起來。接著便像拔蘿蔔般迅速將兩人抬離地上。

「咿呀～～」

發出這種狼狽叫聲的桐人與連聲音都發不出來的莉法，就這樣被象邪神輕鬆地抬到數十公尺的高度然後慢慢放進嘴裡——幸好沒發生這種事情，象邪神只是把他們兩人丟到自己的背上。

他們一屁股掉在象邪神身體上，一度彈起來之後才又坐了上去。遠看似乎相當光滑的象水母身體其實長滿了灰色短毛，當桐人和莉法在牠身體中央坐定之後，象水母才滿足地叫了一聲，然後像是什麼事都沒發生過一般開始移動。

「…………」

莉法和桐人互相看了一眼之後，也就不再努力想弄清楚目前的狀況，只是茫然看著四周圍的風景。

雖說幽茲海姆被稱為是永夜的國度，但也不是完全的黑暗。覆蓋在頭頂的冰柱群全都發出些微燐光，讓整片雪原都染上了一層薄薄的藍色。即使這裡是超危險區域，這樣的景色依然非常迷人。莉法他們由距離地面數十公尺的高度見到了漆黑的森林、險峻的斷崖以及建立在上面的高塔與遙遠的古城。

象水母的二十隻腳持續踩著沉重腳步，而桐人在牠背上搖搖晃晃過了一分鐘左右後，終於開口如此呢喃道：

「也就是說……這應該是某種任務的開端吧……？」

「嗯……」

莉法歪著頭，小聲地回答：

「如果是任務，在開始的時候應該會有Start標誌出現才對……」

她用左手在視線左上角畫了一畫。

「如果沒有出現的話，就不是有明確開始與結束的委託型任務，而是偶發性的事件……不過如果是這樣的話，就有點麻煩了……」

「為什麼？」

「如果是任務的話，在結束時一定會得到某種報酬。但事件就有點像是玩家參加型的戲劇，不一定都會有好結果啊！」

「……也就是說，有可能最後會有很悲慘的結局？」

「當然有可能了。我之前曾在類似恐怖電影的事件裡因為選錯了行動選項，最後被魔女放在鍋子裡煮死了。」

「這、這遊戲也太恐怖了吧……」

桐人臉上露出僵硬的笑容，接著開始摸起腰部下方豐盛的邪神毛髮。

「……嗯，反正已經誤上賊船，錯了，應該說誤上水母才對。而且從這個高度跳下去一樣會受到很大的傷害，我們也只能撐到最後了……不過——那個……雖然有點遲了……」

「怎、怎麼了？」

一臉嚴肅的守衛精靈先是凝視著莉法，然後忽然低下頭說道：

「莉法……剛才很對不起。說出那種忽視妳心情的話來。嗯……或許我心裡真的有某個地方太小看這個遊戲了。覺得再怎麼說也不過是遊戲而已。但……不論是真實或是虛擬，所感覺到的事物與想法其實都是最真實的，我明明應該是最了解這一點的人……」

桐人低下頭來，臉上閃過一抹悲哀的表情。

莉法總覺得曾在哪見過這種表情，但她為了將這種感覺從腦袋裡趕走而用力搖了好幾次頭。

「不……其實我也有不對的地方。那個……如此拚命地解救了我和風精靈族的你，怎麼可能會認為ALO只不過是個遊戲呢，這一點我很清楚……」

——包含ALfheim Online在內，這個稱為「VRMMO－RPG」的新類型遊戲，總是會在某些地方考驗著玩家。莉法最近對這一點有很深刻的感受。

誇張一點來說，遊戲所考驗的便是玩家的尊嚴。既然這是個遊戲，就不可能永遠獲勝。不論是掉入敵方玩家所設的陷阱而進退兩難，或者是被敵人從正面打得一敗塗地，這些都是隨時有可能會發生的情形。

當那種時候發生時，玩家能夠努力掙扎到什麼樣的地步、落敗時又是否能保有尊嚴。這些都是遊戲考驗玩家的地方。如果是往常那些映在平面螢幕上的遊戲，只要玩家不打出表情符號，角色臉上的表情就不會有任何變化，當然也可以在即時通訊上利用表情文字來舒緩失敗所帶來的悔恨感。但是在完全潛行環境下的角色將會忠實呈現玩家當時的感情。有時候玩家甚至會流下悔恨的眼淚。

而有些人就是不想被人看見這種表情，於是在情況對自己不利時馬上就笑著放棄比賽，甚至有許多人在輸掉的瞬間便登出了。當然莉法也不希望自己哭泣的臉讓別人給看見。

但是眼前這名不可思議的守衛精靈，似乎完全不會做這些表面功夫。在魯古魯迴廊裡遭受火精靈突襲而陷入九死一生絕境時、被尤金將軍的魔劍打得毫無還手之力時，桐人都毫不隱瞞自己的憤怒與悔恨，只是拚了命地掙扎並且在最後成功扭轉劣勢。認為這個世界「只不過是遊戲」的人，是不可能做到這種事的。

「……那個……我說你啊……」

——在到ＡＬＯ來之前，都是玩什麼遊戲？真實世界裡又是什麼樣的人呢？

原本準備這麼問的莉法急忙又閉上了嘴巴。就算是彼此交情很好，在ＶＲＭＭＯ裡面也不應該詢問其他玩家現實世界裡的事情。

莉法對感到疑惑的桐人搖了搖頭表示沒事，然後微笑著說道：

「那……我們這樣就算和好囉。我到幾點都沒關係，因為我已經可以自由選擇去不去學校了。」

說完後她便伸出右手，而桐人也笑著說「這樣啊」，然後與她握手。莉法為了掩飾害羞的心情而用力搖著手，當她發現到桐人肩膀上的結衣也很高興地微笑著時，害羞的心情又更加地強烈了。放開手後，她便馬上把紅透耳朵的臉龐轉往另一邊。

載著兩個人的象水母完全不在乎背上乘客的對談，只是不斷踩著沉重的步伐往前走。隨意往前進方向一看之後，莉法瞬間忘了自己發燙的臉頰，開始緊緊皺起眉頭來。

「怎麼了？」

聽見桐人的聲音後，莉法一邊伸出右手一邊這麼回答道：

「我們剛才不是說過應該要往西方或是南方角落前進嗎？但這孩子好像完全走往相反方向……你看。」

手指前方有一道巨大剪影逐漸從黑暗當中浮現出來。幽茲海姆呈現平緩弧形的頂端上，有許多呈倒圓錐形的構造物垂了下來。此外還有許多由複雜分枝所構成的網狀物體包圍了非常巨大的冰柱。

由遠近效果的模糊程度來判斷，冰柱距離莉法他們應該還有十公里左右吧，但由於它實在太過巨大了，讓距離感產生了混亂。冰柱裡還埋有幾道光點，那緩慢且有週期性的明滅模樣看起來甚為莊嚴。

「……那些包圍冰柱的網狀物不知道是什麼東西……」

「我也只在螢幕照片上見過而已……那是世界樹的根部。」

「咦……」

桐人迅速瞇起了眼睛，莉法瞄了一下他的側臉後便繼續說明：

「貫穿阿爾普海姆的根部會直接垂到幽茲海姆的頂端。也就是說這頭邪神不是走向幽茲海姆的外圍，而是前往它的中心部份。」

「這樣啊……世界樹——就是我們的最後目的地了……難道沒有通路能從這裡爬上那些樹根到外面去嗎？」

「我沒聽過有那種通路。話說回來，你看，最長的樹根也只有到天花板和地面的中間而已。但就算是那個位置也已經超過兩百公尺了，在這個無法飛行的練功場更是絕對不可能到達的地方。」

「這樣啊……」

桐人輕輕嘆息了一聲之後，又重新打起精神來笑著說道：

「嗯，現在只有把一切交給這隻不知道是象鼻蟲還是巨型等足蟲的傢伙了。不知道會被送去龍宮城接受盛大歡迎還是被牠當成明天的早餐就是了。」

「等、等等。什麼是巨型等足蟲啊。要說的話應該也是大象或是水母吧？」

莉法噘起嘴巴反駁之後，桐人一臉驚訝地揚起眉毛說：

「咦──妳不知道嗎？別名又叫做深海大虱，那是在深海海底，像這麼大的鼠婦蟲……」

他邊說邊用兩手比出相當寬的幅度，莉法上半身抖了一下之後急忙將桐人的嘴遮住。

「我知道了，那我們來給牠取名字吧！取個可愛點的名字！」

看著身體下方長滿毛的軀體以及前端若隱若現的圓頭，桐人心裡拚命想著適合大象的名字……猛象……不好……象人類……也不是……

「那就叫噹嘰好了！」

聽見桐人忽然這麼說，莉法嚇得直眨眼睛。這確實是個可愛的名字，不過他到底是從哪想出來的呢。等等──大象噹嘰，怎麼好像聽過這個名字。

花了兩秒左右探查著記憶深處後，答案終於浮現出來。那是小時候家裡一本繪本當中曾出現過的大象名字。內容是從前戰爭末期，政府對動物園發出處死猛獸的命令，飼育員只好一邊哭泣一邊拿了有毒的餌想要殺害聰明的大象噹嘰，但牠卻不吃毒餌而一直重複著萬歲的動作直到餓死為止。當莉法的母親唸這本繪本給她聽時，她馬上就大哭了起來。

「這名字有點觸霉頭耶……」

她低聲說完後，桐人也一臉抱歉的點了點頭。

「好、好像是耶。我腦海裡也開始有印象了。」

「咦——你也看過那本繪本嗎。那……沒關係。就叫這個名字好了！」

莉法拍了一下手之後，便摸了摸腳下的短毛。

「喂——邪神，從今天起你就叫噹嘰了——」

當然怪物沒有任何反應，而莉法他們也就當牠已經接受了。如果能用馴獸技能把這隻邪神變成寵物的話，系統便會允許玩家幫牠取名字，但就算是貓妖族的大師級馴獸師也沒有人曾成功馴服過邪神級怪物。

坐在桐人肩上的結衣也接在莉法後面揮著自己的小手，對比自己大上數百倍的巨大身軀說：

「噹嘰先生，初次見面！今後也請你多多指教！」

或許是偶然也說不定吧，這次邪神頭部兩旁不知是耳朵還是腮的東西竟然動了幾下。

被取名叫做噹嘰的象水母沿著冰凍的河川一路北上。

這段時間裡面他們曾近距離遭遇過好幾次在練功場裡徘徊的落單邪神。但不知道為什麼，所有邪神都只是由樹叢或是山丘的另一邊看了一下他們然後便離開了。

或許是把莉法他們當成是噹嘰的附屬品了吧，但這樣就又會有個疑問產生，那就是為什麼三頭巨人型邪神會襲擊噹嘰呢？莉法能想出來的理由就只有移動中與他們擦身而過的邪神全部都跟噹嘰一樣，外型完全不像人類而已。

當她轉頭想要尋求桐人的意見時，想不到這個守衛精靈竟然在這種狀況之下也開始打起瞌睡來了。莉法原本又握緊了拳頭，但靈機一動之下，伸手便抓起一大把累積在噹嘰背上的雪塊。

在雪球物件快要消失前，莉法趕緊將它們從桐人黑衣的衣領裡丟了進去。

「嗚哇！」

被冰冷效果直接擊中之後，桐人發出奇怪叫聲跳了起來。而莉法則是向他道了聲早安之後提出剛才的疑問。守衛精靈臉上雖然暫時出現了懊惱的表情，但隨及邊想邊這麼說道：

「……也就是說，比較像人類的邪神與像野獸的邪神之間也發生了鬥爭嗎……」

「或許吧……說不定人型邪神就只攻擊噹嘰和牠的夥伴呢……」

幽茲海姆大概是在一個月前的大型更新裡才剛導入的新練功場，由於難度相當高，所以幾乎都是沒經過探索的地帶。如果這種狀況真是某種事件的話，那麼莉法他們很有可能就是最先發現到這一點的玩家。如果是一般狩獵邪神的隊伍發現噹嘰與巨人的戰鬥，那他們應該都會在一旁隔山觀虎鬥，等到噹嘰被殺掉之後便直接和巨人發生戰鬥——

「嗯，知道所有內幕的只有噹嘰和這場事件的程式設計師了。我們就順其自然吧。」

桐人說完之後便將身體往後一躺，然後把兩條手臂當成枕頭還翹高了腳。從肩膀上輕飄飄飛起來的結衣在停到桐人胸口上之後也做出跟他一樣的動作。對於這兩個人過於放鬆的態度嘆了口氣後，莉法心裡一邊盤算著這次要是再睡著就要對他施放結凍系魔法，一邊看了一下視線角落的時刻表。曾幾何時藍白色的數位數字已經超過凌晨三點。

對至今為止最晚到凌晨兩點就一定會下線的莉法來說，接下來就是未知的領域了。她心裡一邊抱著「我竟然也會因為網路遊戲而熬夜」的感慨，一邊摸著腳邊的短毛。

這隻怪異邪神一點都不理會背上的人，只是按照一定速度持續走著——

當牠爬上被雪與冰掩埋的山丘之後，終於停下了腳步。

「嗚哇……………」

莉法移動到噹嘰的頭部附近，然後往前一看，接著便不由得發出巨大的驚呼聲。

她眼前出現一個洞穴。

而且是規模超乎想像的洞穴。它的直徑寬廣到讓對面看起來只是一片藍色迷濛，巨大的垂直洞穴就在眼前張開血盆大口。險峻直立的峭壁被深厚冰層所掩埋，冰層由上部的透明白色往下依序形成淺藍、藍、深藍最後是漆黑的層次。就算再怎麼集中精神往洞穴下面看，也只能見到一片深沉的黑暗而已。

「掉下去的話不知道會怎麼樣……」

連桐人也用緊張的聲音這麼說道，停在他肩膀上的結衣則用相當認真的口氣說：

「我能進入的地圖檔案裡，洞穴的底部構造沒有獲得定義。」

「嗚哇～也就是無底洞的意思嗎？」

莉法和桐人一起往後退，準備回到嚐嘰背部中央。但是邪神的身體卻率先動了一下。

——難道是要把我們丟進這個洞裡嗎？

莉法內心雖然如此大叫著，但幸好這個邪神似乎不是那麼忘恩負義的怪物。牠將二十隻腳全部往內側折起，一邊保持著背部平衡一邊讓巨大身軀往下降去。

數秒鐘之後身軀的最下端便碰到了雪地。邪神「咻嚕嚕」的小小叫了一聲後，又開始把長鼻子給吸進身體內側——然後就完全不動了。

「…………」

莉法他們先是互相看了一眼，然後才畏畏縮縮地從背上下來。

離開幾步之後回頭一看，發現在那裡的已經不是頭象水母。牠把頭和身體都收進身體底下，現在靜靜待在那裡的，就只是一顆很普通的大饅頭罷了。

「……這傢伙到底打算做什麼……」

桐人茫然地說道，莉法從他身邊往前走了幾步後便開始拍起邪神身上的毛皮。

「喂——噹嘰。我們接下來該怎麼辦啊？」

但邪神卻完全沒有反應，莉法再用力拍打了一次之後，她感覺右手上的觸感有了變化。兩人坐在上面移動時，噹嘰的身體感覺像是樹脂坐墊那樣有彈性，但現在卻全部都變硬了。

莉法擔心牠是不是因為完成任務就死去了，於是便趕緊把一邊耳朵靠在毛皮上。結果從內部深處傳出「轟轟」這樣周期性的重低音，莉法這才安心地把臉從邪神身上移開。

看來應該是還活著吧。被巨人所攻擊的損傷也沒有大礙，黃色箭頭上表示的ＨＰ條現在已經完全復原。

「這麼說來……會不會只是睡著了？我們都還沒辦法睡耶？」

當莉法噘起嘴唇，生氣地輕拉一下邪神的毛時，背後的桐人忽然開口說道：

「喂，莉法。妳快看上面，很壯觀哦！」

從遠處看起來像倒圓錐形的世界樹根部，現在幾乎就在他們頭頂正上方。巨大冰柱被到處盤據的黑色根部所包圍。其直徑應該與下方的垂直深洞差不多寬吧。凝神一看之下，可以發現冰柱內部似乎存有某種構造。透過清澈的冰柱可以見到裡頭有通路與大廳，而當中的火把還透過冰柱發出藍色光芒。

「真的很壯觀……如果那全部都是一座迷宮的話，無疑將會是ＡＬＯ裡最大規模的迷宮……」

莉法一邊感嘆，一邊無意識地伸出手去。但是到大冰柱下端至少也有兩百公尺以上的距離，所以就連可以在地下飛行的黑暗精靈也無法到達。

「怎麼樣才能到那裡去呢……」

聽見這個問題之後，桐人似乎準備說些什麼。

但是坐在他肩上的小妖精卻搶先用尖銳的聲音說：

「爸爸，有其他玩家正從東邊接近！一個人……不對，之後還有……二十三個人！」

「……！」

莉法倒吸了一口氣。

二十四個人。很明顯是為了狩獵邪神所聯合起來的隊伍。

這本來是他們夢寐以求想要遇上的對象。只要跟對方說明事情經過然後加入他們，應該就可以從有樓梯的迷宮那裡回到地面上了。

但是在這種狀況接近之下的玩家，他們的目標顯然就是——

莉法咬緊嘴唇往東邊看去，幾秒鐘之後，馬上就有踏著雪地的細微聲響傳了過來。如果莉法不是長於聽覺的風精靈，一定聽不見這種聲音。但現在雖然聽得見聲音卻看不見對方的人影。對方應該是施行了隱形魔法吧。

莉法馬上抬起手，準備詠唱識破魔法。但在她開始詠唱之前，離她十公尺左右的空間忽然有像水般的薄膜產生扭曲，接著一名玩家便隨著「啪嚓」的聲音出現在他們眼前。

那是一名男性玩家。他有著略帶藍色的皎白肌膚以及同樣淡藍色的頭髮，毫無疑問一定是水精靈族的人。男性身穿刻有類似魚鱗模樣的灰色皮革鎧甲，肩膀上還掛著小型弓箭。

由他一身斥侯的打扮來看，應該是負責偵查．搜敵的工作吧，看他身上裝備的等級與敏捷的身手，這名男性應該是等級相當高的玩家。

相貌機警加上眼光敏銳的斥侯，又在雪地上踏出一聲腳步聲後，開口說出莉法最害怕的一句話。

「你們兩個要不要打那隻邪神啊？」

當然男性指的是在莉法兩人身邊縮成一團的噹嘰。

看見莉法沒辦法馬上回答，男性臉上的表情瞬時變得險峻起來，接著又這麼說道：

「如果要打的話就快點攻擊。不打的話可不可以請你們離開。不然會被捲入我們的攻擊範圍當中。」

當男人話還沒說完時，他背後的稜線處就又有好幾道腳步聲響起。看來是本隊的隊員已經追上來了。

如果他們是以中立區域為據點的種族混合隊伍的話，那就還有希望……

但莉法的希望卻完全落空。越過雪線邊緣出現的二十幾名玩家，全部都有著白色肌膚與藍色長髮。也就是說這隻狩獵邪神的隊伍，是由遙遠東方的「弦月灣」來到這裡的水精靈族精銳部隊。

如果是由「領地叛徒」所組成的混合部隊，或許就會放過同樣由風精靈與守衛精靈組成搭檔的莉法和桐人。但是代表水精靈族展開行動的這群人可就沒那麼好說話了。應該說他們如果殺了別種族的莉法與桐人，反而還能獲得榮譽點數。人單勢薄的莉法他們根本是絕佳的獵物，但對方還像這樣給予他們警告，已經可以說是仁至義盡。

——但是現在也只有讓他們接受自己的不情之請了。因為總不能讓把我們當成夥伴的噹嘰被這群人殺掉。

莉法在心裡如此想著，然後她便像要保護噹嘰一樣擋在那名斥候的面前，開口低聲說：

「……我也知道這是違反遊戲禮儀。但能不能請你們把這隻邪神讓給我。」

聽見這句話後，眼前的男人與他身後的大部隊都流露出輕微的苦笑。

「如果是低等級的練功場就算了，想不到來到幽茲海姆還能聽見這樣的台詞。像妳這種能到這裡來的老玩家，應該也知道『這練功場是我包的』、『這隻怪是我的』這種話是行不通的吧。」

男人所說的話可說是再正確也不過了。這種強調練功場或怪物是自己所有的話，連莉法自己聽了都覺得受不了。當然如果正和那隻怪物戰鬥當中的話就能擁有優先權，但現在嚐嘰只是縮成一團而已，所以莉法他們完全沒有妨礙水精靈們攻擊的權利。

莉法只能咬緊嘴唇然後低下頭去，這時忽然有個人影站到她面前，而那當然就是桐人了。

莉法一驚之下停止了呼吸。心裡想著他該不會又要像在跟尤金將軍對峙時那樣大吹牛皮，或者是——準備要跟他們作戰了吧。即使對方人多勢眾，他還是不惜拔劍相向嗎？

這實在太魯莽了。從能夠到幽茲海姆進行狩獵這點來看，就能知道眼前這二十四個人都是元老級的玩家。光看重戰士鎧甲與魔法師法杖上閃爍的光芒，馬上就能理解在魯古魯迴廊和莉法他們戰鬥的火精靈部隊，戰力根本跟這群人沒得比。

但是桐人所採取的行動完全出乎莉法的意料之外。

黑衣守衛精靈完全沒碰到背上的大劍，只見他當場深深一鞠躬，然後說：

「拜託你們。」

傳出來的聲音讓人可以感受到他的真誠。

「……箭頭雖然是黃色的。但這隻邪神是我們的夥伴……不對，應該說是朋友。這傢伙原本已經快要死亡，但好不容易才撐到這地方來。我們想讓牠做自己想做的事情。」

桐人說完之後將頭垂得更低，但他所對面的藍髮斥侯瞪大眼睛愣了一秒鐘之後……臉上便浮現出──極為誇張的爆笑。而他背後的集團也毫不顧忌地放聲大笑起來。

「喂……喂喂，你這傢伙真是玩家嗎？不會是NPC吧？」

大大張開雙手的斥侯，收起笑容後搖了搖頭，然後拿下肩膀上施有美麗裝飾的弓，接著又從箭筒裡抽出一隻銀箭然後將它架到弓上。

「……抱歉，我們也不是到這座練功場來玩的。剛才差點就被一隻較大的邪神給全滅了。我們費盡九牛二虎之力才回收所有殘存之火，剛剛才好不容易重整整個隊伍。現在能殺的怪物我們當然不願意放過。所以……我給你們十秒鐘時間從那傢伙身邊離開。時間一到，我就要當你們不存在了。魔法師隊──開始施放支援魔法。」

男人迅速一揮手之後，排在部隊最後面的魔法使們便不斷開始詠唱起咒文來。每當各種顏色的光線效果出現，戰士們身上就被各種增強能力的魔法所包圍。

「十……九……八……」

弓箭使斥侯倒數的聲音穿透好幾種效果音響了起來。

莉法緊握住雙手的力道讓骨頭幾乎快要發出聲響，全身還因為憤怒而劇烈震動著，但最後還是用沙啞的聲音對眼前的桐人說：

「……我們走吧，桐人。」

「嗯嗯…………」

低聲回答之後，桐人也低著頭轉過身子，然後沿著無底洞邊緣往西方前進。這時莉法也跟在他身邊。而他們身後的倒數則持續著。

「三……二……一……開始攻擊！」

聽見這絲毫不自誇的冷靜指示之後……

重裝戰士們一起往前衝去的金屬摩擦聲與攻擊魔法的兇猛發射聲同時響起。

不斷從他們背後響起的強烈爆炸聲，讓腳下的地面也產生震動。朝這邊推過來的熱風讓莉法的綠色馬尾激烈搖晃了起來。

離開三十步以上的距離之後，莉法和桐人同時轉過頭去。

這時正是戰士們的劍、斧頭與槍不斷朝噹嘰巨大身體上招呼的時候。馬上就產生一陣強烈的效果光線與劇烈的爆炸聲。戰士們的高級裝備順利穿透邪神級怪物噹嘰的防禦力，讓牠的ＨＰ值不斷減少。

持續了幾秒鐘的物理攻擊之後，八名戰士拉開了與噹嘰之間的距離。但詠唱完攻擊魔法的魔法師們馬上就取代戰士發射第二波攻擊，此外還有數名弓箭使也加入射擊。

噹嘰那縮成一團，高達四公尺以上的軀體上不斷有猛烈的爆發產生。爆炸接著形成一條條火柱，將噹嘰的毛皮完全燒焦。牠的ＨＰ繼續減少，一下子便少了十分之一左右。

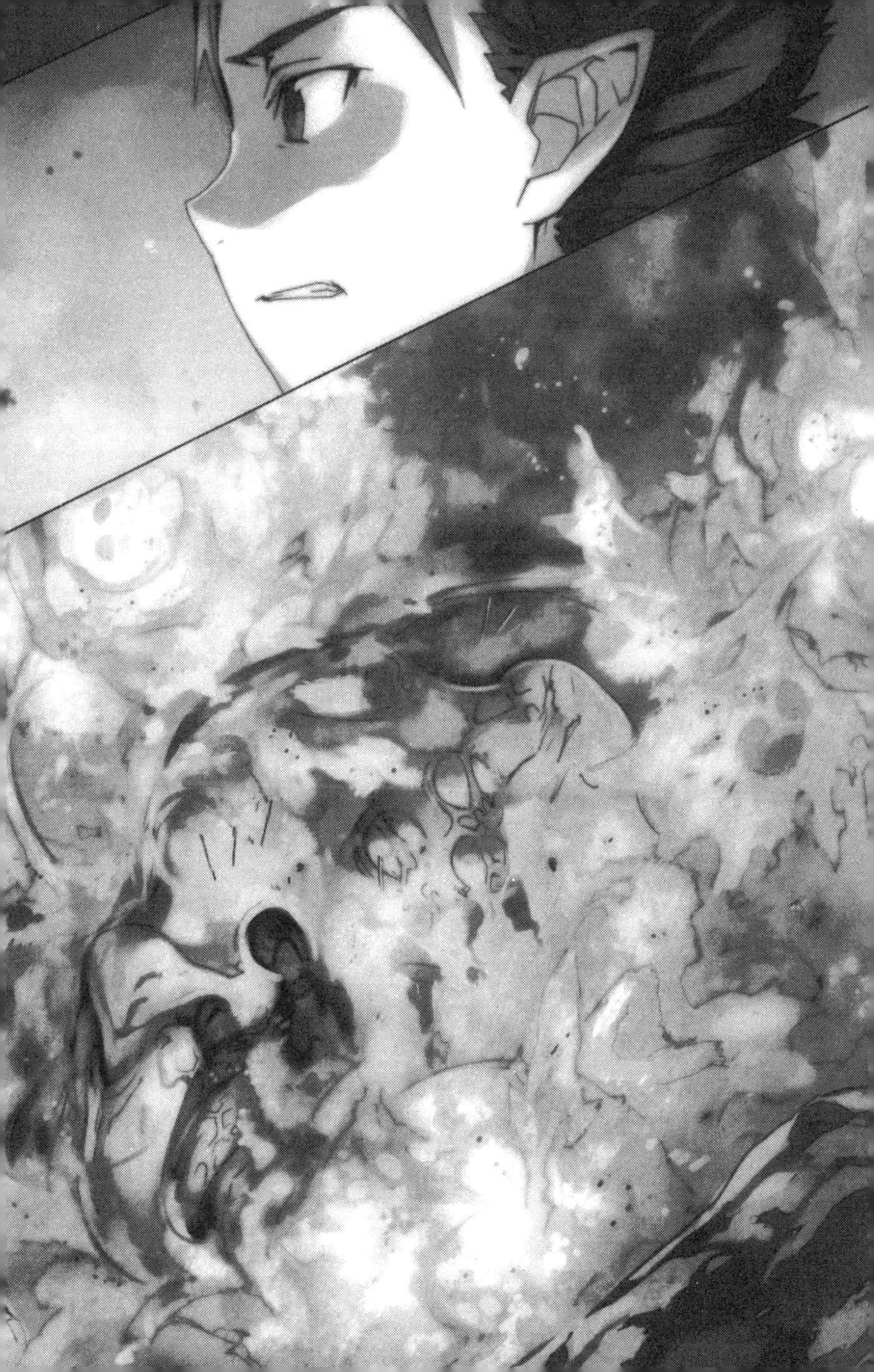

這時在爆炸聲之間，可以聽見「咻嚕嚕、咻嚕嚕」這種類似笛子的聲音。
那無疑是噹嘰的啼叫聲。象頭邪神這時的叫聲比被三頭巨人欺負時還要細微而且斷斷續續。
莉法已經不忍心再看下去，於是她把頭轉向左邊。
結果卻看到讓她更加感到衝擊的景象。
桐人雙手握拳站立在那裡，而小妖精結衣一邊從桐人胸前口袋探出頭來，一邊以她嬌小的雙手用力抓住口袋邊緣。
她那惹人憐愛的臉龐已經因為悲傷而扭曲，大顆的淚水由她黑色眼珠裡不斷流出。看見導航妖精那拚命忍住哭聲，肩膀因為痛哭而不斷震動的模樣，莉法雙眼裡也流下了熱淚。
——如果這支水精靈部隊是無情殘忍的ＰＫ集團就好了！
這樣莉法就可以憎恨他們。可以跟即將死去的噹嘰約定將來一定會幫牠報仇。
但他們現在只是在行使ＭＭＯ玩家的正當權利而已。遠從上個世紀的初期桌上型ＲＰＧ開始，打倒怪物來賺取金錢與經驗值便已經是這種遊戲的第一目的，即使經過數十年進化而成為現在的完全潛行型ＲＰＧ，目的也絲毫沒有改變。支配這整個阿爾普海姆的遊戲規則以及禮儀，讓莉法無法指責這群水精靈。
就算對方是怪物，但再怎麼說牠也曾和莉法他們心靈相通並且一起旅行過一陣子。現在遊戲裡這種讓人無法保護自己夥伴的禮儀是怎麼回事？讓人沒辦法說「那孩子是我們的同伴，請不要殺害牠」的規則又有什麼意義呢？

莉法一直相信這個世界有所謂「靈魂的自由」。相信在真實世界裡無法表現的感情，也可以在這個地方流露出來。但是玩家們似乎也隨著能力強化、身穿稀有裝備、等級提升而加重了綁在自己翅膀上的束縛。那些水精靈在懵懂無知的新手時期，看見不主動攻擊人的怪物也會覺得牠們很可愛而捨不得殺害牠們吧。

莉法這時只能抱持著無法發洩的鬱悶站在當場，耳朵裡聽著不斷傳過來的劇烈攻擊聲以及嚐嘰那愈來愈虛弱的啼叫聲。牠的ＨＰ應該已經低於五成了吧。最多只能再撐兩分鐘——不，大概六十秒吧。

「桐人……」

「莉法……」

他們兩個人同時開口說道。

莉法猛然揚起視線看著守衛精靈的黑色眼珠，然後開口說：

「我決定要去救牠……」

「我也要去。」

莉法把原本要說出口的「你就先離開這裡朝阿魯恩前進吧」這句話吞了回去後，點了點頭。這時候兩個人殺過去的話，撐不到十秒鐘便會死亡已經是可預見的結局。這場行動對他們來說完全沒有任何利益。

但只是站在旁邊冷眼旁觀，實在是有違莉法——還有桐人的信念。莉法他們從三頭巨人手底救出噹嘰，之後噹嘰牠也回過頭來救了莉法他們。就算那隻邪神只是根據寫在伺服器角落的單純指令來行動，但眼睜睜看著自己認定並且命名的夥伴被殺害而不伸出援手，那玩ＶＲＭＭＯ就根本沒有意義了。

「那個……我今天會再和你一起從司伊魯班出發到阿魯恩去的。」

她迅速說完之後，桐人也邊點頭邊把手放在劍上。

「那就拜託妳了。結衣……妳要躲好唷。」

「好……好的，爸爸、莉法小姐。你們要加油唷。」

當小妖精那淚流滿面的臉躲進口袋裡去時，桐人和莉法便一起將劍拔了出來。站在水精靈部隊邊緣的一名魔法師，在聽見「喀鏘！」這種尖銳的聲音之後，轉過頭來以疑惑的視線看著他們。

他們首先瞄準了防禦力較低的魔法師部隊。僅用眼神確認過彼此的想法後，他們便同時全力衝刺。腳邊的積雪高高地濺起，空氣也為之震動。

一口氣將距離拉近的莉法，從較遠處就將兩手高舉過頭的綠色長刀揮下。

「嘿呀～～！」

「啪咻！」的清澈斬擊聲隨著猛烈的氣勢響起。變成綠色閃電的刀刃在後排左端的魔法師肩口上炸裂。

雖然感覺已經確實命中要害，但水精靈身上那件淡藍色長袍似乎真的是非常高級的裝備。他的ＨＰ只不過減少了三成左右。魔法師原本打算舉起法杖，但是接下來又有一道漆黑閃光橫向劃過他的身體。緊接著發出了「咚磅！」的沉重衝擊聲。桐人手上大劍的神速一擊讓魔法師的ＨＰ條又減少了將近四成左右。

水精靈還來不及發出聲音身體已經浮在半空中，莉法的連擊則是毫不容情地又往他身上招呼。手腕、手腕、臉部的攻擊各讓他喪失了一成的ＨＰ，好不容易才讓他的生命值歸零。

一道藍色水柱「啪嚓」一聲噴起，然後魔法師便被消滅了。莉法拋開漂浮的殘存之火，馬上面向下一名敵人。

這時候將全部注意力放在施放遠距離魔法攻擊嚐嘰的其他魔法師們，終於也注意到事情有點不對勁了。其中一個人一臉驚訝地叫道：

「你……你們瘋了嗎！」

「嗯，這我們自己也不清楚耶……！」

如此大叫回應後，莉法往雪地上一踢便衝了過去。

但水精靈族精銳部隊的反應也相當迅速。他們立刻中斷詠唱當中的大型咒文，開始唸起簡短的快速咒語。但是莉法和桐人衝刺的速度稍微比他們快了一點。他們搶得能以第二名魔法師當作盾牌的位置，再度互相使出劍技。眼前的魔法師們雖然強行施法，但卻幾乎都是直線軌道型的攻擊魔法，這些魔法在擦過莉法他們的衣服之後便向後逸去。

雖然有一、兩發追蹤型攻擊混在裡面，但莉法即使被擊中也還是繃著臉利用身體重量使出突刺來終結第二名敵人的生命。這時桐人的目標已經換到下名敵人身上。他將與身高差不多的巨劍扛在肩上，經過一瞬間的蓄力後，發出了像要割裂大地般的一擊——

這時忽然有一道聲音響起，結果原來是由射穿桐人左肩的銀箭所發出的聲響。

仔細一看，站在中間位置的斥候領隊已經用險惡的表情架上第二隻箭。接著他開口用強而有力的聲音命令道：

「劍士隊，快回來！魔法師隊遭受襲擊了！」

隨後發射出來的第二隻箭對準莉法胸口中央飛了過來。宛若流星般拖著長長尾巴的銀箭實在太過快速，莉法只好用左腕來抵擋。「咚！」一聲沉重的衝擊音過後，她的ＨＰ條立刻減少了一成以上。莉法的腳一個踩空，像雷射般的高壓水流魔法攻擊便飛過來射穿她的右腳。雖然不會有痛楚，但令人不舒服的麻痺感還是讓她的臉扭曲了起來。

而桐人在讓第三名敵人的ＨＰ減少一半時，整個人被無法閃避的冰龍捲風給擊倒在地上。

當莉法趕到桐人身邊準備使用回復魔法時，看見敵人魔法部隊已經開始詠唱較大型的攻擊魔法。此外原本圍在噹嘰身邊的重裝戰士們也一臉凶狠地往這裡殺了過來。

——到此為止了嗎？

他們衝殺進來已經過了將近五十秒的時間。面對如此龐大的隊伍，這樣的戰果應該已經算是相當不錯了。這樣的話，噹嘰應該也可以原諒我們才對。

蹲在地上的莉法直接閉上眼睛，然後將臉伏在桐人胸口，等待著魔法或者弓箭將他們ＨＰ歸零的瞬間。

但是在攻擊聲還未響起之前，莉法就先聽見宛如把直笛聲音加強數萬倍的啼叫聲。這道讓冰冷空氣產生強烈震動，也讓遠方雪山發出迴聲的啼叫聲毫無疑問是來自於噹嘰。但很明顯可以聽出與剛才軟弱的悲鳴完全不同。

難道說牠真的要死去了嗎？莉法一想到這裡，馬上用扭曲的表情往山丘上看去。

她隨即見到噹嘰橢圓形身體上有了幾道很深的裂痕。接著裂痕愈變愈長，最後互相連結起來。

「啊…………」

莉法一邊發出細微的叫聲，一邊預想著會有大量邪神的黑色血液由裂痕裡噴出來。

但是——

迸發出來的卻是非常刺眼的純白光芒。

由噹嘰身體放射出來的環狀白光伴隨著「咕哇哇哇」這種尖銳聲音包圍住水精靈劍士、射手、魔法師們的身體。瞬間，纏繞在他們身體上的支援魔法光芒以及詠唱當中的攻擊魔法效果全都變成白煙蒸發了。

……廣域解咒能力！

這是只有一部分高等級的魔王級怪物才擁有的能力。最下級的落單邪神應該無法操縱如此強大的力量才對。由於沒辦法理解究竟發生了什麼事，莉法、桐人以及其他二十二名水精靈瞬間都僵住了。

在所有視線的注視之下，噹嘰那由裂痕裡發出白色光芒的身體整個碎裂了。不對，應該說噴飛出來的只是又厚又硬的殼而已。現在由依然耀眼的光芒裡面，開始有像螺旋狀尖塔般的物體伸了出來。

得仰頭才能看見的巨大光之螺旋，在輕輕迴轉一圈之後便分解開來。

呈放射狀展開的，是帶著純白光輝的四對總共八張翅膀。

「……噹嘰…………」

彷彿聽見莉法的呢喃一樣，翅膀根部那唯一跟以前一樣的象臉抬了起來。接著牠又高高舉起長鼻，將大耳朵整個打開來——

再度發出「咻嚕嚕嚕嚕嚕！」的高聲啼叫後，已經不再是水母的邪神張開八片翅膀垂直飛了起來。

原本圓滾滾的身體變成了細長流線型狀。腹部雖然同樣垂著二十隻腳，但現在不像以前那樣是長著鉤爪的觸手，而是類似植物的蔓藤。莉法注意到牠原本剩下一成左右的ＨＰ條已經一口氣全部恢復了。

嚐嘰停留在十公尺左右高度的翅膀，在沒有任何前兆下便開始發出與剛才不同的藍色光芒。

「啊……糟糕……」

桐人發出慘叫聲。他馬上抱住莉法的身體，兩個人一起趴到雪地上。

接著便開始有恐怖又強烈的電擊從嚐嘰所有腳上往地面發射。

還來不及發出悲鳴，被閃電擊中的水精靈們便隨著爆發被轟飛了出去。劍士們雖然都挺過了這波攻擊，但弓箭使與魔法師當中有人受到一擊，角色便整個煙消雲散了。

「退到山丘底下！以密集陣型來回復ＨＰ並且重整支援態勢！」

斥侯隊長馬上從震驚當中回過神來叫道，活下來的二十名左右水精靈馬上一起衝下斜坡。

接著重裝劍士們開始圍起人牆，而他們背後的魔法師則開始展開詠唱。

但是嚐嘰滑過天空、追逐敵人的翅膀這次又充滿純白光線。

接著「咕啊啊！」的聲音響起，讓一切魔法無效化的光環往下降。幾乎快要完成的幾道咒文馬上變成白煙消散。

「可惡！」

斥侯這時終於以憤怒的聲音叫道。他迅速動手，朝正上方射了好幾隻箭。而這些箭的尾巴都拖著黑煙，隨即煙霧就隱藏了部隊的所在地。

「撤退、撤退！」

從莉法的位置上，可以見到水精靈小隊隨著這個聲音一直線離開的模樣。他們一旦決定要撤退，移動的速度可真是快如疾風，藍色精靈們的身影一下便消失在遠方的雪稜線後面。

當然孵化成飛行型態的噹嘰應該能輕而易舉就捕捉到那些在地上跑的玩家。但邪神只是發出一聲勝利的啼叫然後便停了下來，單邊四片翅膀一陣起伏後就變換了方向。

牠就這麼輕盈地飛了過來，然後直接在莉法他們頭上停住。色調稍微變得比較白皙的象頭上，六顆眼珠全部看向在地面的兩人。

「……那我們接下來要怎麼辦？」

桐人嘴裡又吐出這種似曾相識的話。

但噹嘰馬上就將長鼻子伸過去來回答他的問題。鼻子將莉法與桐人捲起來之後，不管三七二十一便將他們從地面上拉了起來。當他們心裡想著「果然又是這樣嗎！」的時候，就被往背後一丟，兩個人又同時一屁股坐到噹嘰的背部。

他們互相看了一眼，然後同時將劍收了起來。接著莉法便開始摸起噹嘰的白色毛皮。感覺上毛好像比以前更長也更柔軟了。

「…………不論如何，能活下來真是太好了，對吧噹嘰！」

她低聲說完之後，由桐人胸前口袋露出臉來的結衣很高興地邊拍手邊說：

「真的是太好了！只要活著就會有好事發生！」

「如果是這樣就好了……」

桐人一邊搖頭一邊這麼說著，然後按照順序看著上方與下方。

噹嘰接下來一定是要移動到某個地方去。如果牠的目的地是幽茲海姆中心那個深不見底的無底洞——那事情就會愈來愈混亂了。但幸好噹嘰在叫了一聲之後便朝著頭上遙遠且壯觀的世界樹根部飛去。

每當那長滿毛髮的翅膀依序在空氣中拍動時，邪神巨大的身軀便輕飄飄地在微暗的世界中上升。隨著噹嘰以螺旋狀不斷向上高飛，幽茲海姆廣大的全貌便呈現在莉法眼前。

「哇啊…………」

莉法不由得邊發出讚嘆聲，邊眺望這座美麗又殘酷的冰雪世界。

由於這裡是無法飛行的區域，所以莉法他們應該是第一組由高空俯瞰這裡的玩家吧。她反射性地想要從視窗裡拿出拍照道具，但念頭一轉便又握緊了雙手。就算把眼底下的風景用道具擷取下來，也還是無法紀錄現在內心的這種感覺。這種悲傷、喜悅、無法發洩的鬱悶與解放感參雜在一起的複雜感情是絕對無法重現的。

不知道噹嘰究竟能否理解莉法這時的想法，只見牠慢慢降低速度並開始迴旋，接著又用力拍了一下翅膀。

頭頂上忽然有物體進入視線莉法視線當中，但她一瞬間無法掌握與該物體之間的距離感。那是一根清澈的藍色倒圓錐形冰塊，以及像網子般包圍住它的黑色管線。這些管線當然就是世界樹的根部了。

按照遠近效果來判斷，巨大冰柱全長至少超過兩百公尺以上。正如由地上看見時所猜測的一樣，內部被劃分為好幾層，形成一座非常巨大的冰迷宮。

莉法一言不發，只是瞪大眼睛看著迷宮，這時她突然注意到冰柱最下方——也就是最尖端的部分，有一道強烈金色光芒在閃爍著。

雖然拚命睜大眼睛但還是看不清楚。她在無意識中抬起右手，詠唱起簡短的咒文。手掌前端立刻有一團搖晃著的水出現，接著又馬上結凍變成扁平的結晶體。桐人馬上把臉湊過來問道：

「那是什麼？」

「望遠冰晶魔法。那根冰柱的頂端似乎有什麼東西在發光對吧……」

莉法一邊說一邊把臉頰和桐人靠在一起，然後看著巨大的望遠冰晶。瞬間被放大的視線中央可以見到一股金色光線搖晃，不久後便形成清晰的姿態。

「哇呀！」

一看見光芒的來源，莉法馬上發出小女孩般的尖叫聲。

被封在冰柱前端的，是一口有著金黃色透明劍身而且異常莊嚴的長劍。無論是包圍刀刃的燐光或者是上面細微的裝飾，都顯示出那把劍被歸類為傳說武器。不對，應該說莉法早就知道那把黃金劍的名稱了。

「那……那是『斷鋼聖劍』啊。我以前曾在ALO的官方網站上看過照片……能超越尤金將軍『魔劍瓦蘭姆』的唯一一把武器……至今為止都不知道它藏在何處的最強之劍……」

「最、最強……」

莉法用沙啞的聲音解說完之後，桐人便吞了一大口口水。

封印之劍上方，可以見到有狹窄的螺旋階梯。階梯似乎就是連接著巨大冰柱內部的迷宮。也就是說，只要能突破那座迷宮，就能夠拿到全伺服器裡只有一把的究極武器了。

邪神噹嘰載著兩名全身僵硬的精靈，以螺旋軌道沿著藍色冰柱不斷提升飛行的高度。莉法好不容易將眼睛從聖劍上離開，抬頭往前進方向看去，這時她同時見到兩樣東西。

首先是冰柱當中有一個平板狀的降落台突了出來。而噹嘰飛行的軌道似乎會擦過降落台的邊緣。屆時他們要跳下去並不是一件難事。

而更上方的天空則是有一根上面刻有樓梯的樹根，由被冰雪覆蓋的幽茲海姆頂端垂了下來。樓梯就這麼貫穿頂端，一路延伸到上面去。毫無疑問那一定是通往陸地——阿爾普海姆的出入口了。

由冰柱上延伸出來的降落台與通往地上的階梯之間沒有互相連結。如果跳下降落台的話或許就有機會能得到斷鋼聖劍，但是之後就沒有到達階梯的方法了。

看來桐人也同時做出了相同的結論。他的視線在降落台與樓梯之間往返了好幾次。當他在這麼做的時候，噹嘰已經愈來愈接近降落台了。還有二十……不對，大概十秒鐘就得做出決定……

噹嘰載著沉默不語的兩個人慢慢到達寬廣的降落台，並且沿著它的邊緣平行飛行。莉法和桐人的身體因為VRMMO玩家的本能而震動了一下。

——但是當然他們兩個都沒有跳下去。

他們彼此看了一眼後露出有些不好意思的笑容，接著莉法便開口說道：

「下次我們帶一堆同伴再來吧……」

「說得也是。我想這一定是幽茲海姆裡難度最高的迷宮。光靠我們兩個人一定沒辦法突破的……」

「啊——你還那麼依依不捨！」

當莉法大笑時，噹嘰已經直接通過降落台往更上方前進。低頭一看之下，可以發現冰之迷宮的四角形入口處裡面，出現了非常恐怖的邪神身影。雖然長得很像在地面上襲擊噹嘰的三頭巨人，不過是更為恐怖的人型邪神。

住在這迷宮最深處的幽茲海姆最強邪神應該也是這種類型吧。而噹嘰牠們這一族的異型邪神與人型邪神敵對，並且擔任這種將玩家載送到這裡來的工作。所以那名巨人才會在噹嘰羽化之前就想殺了牠。

如果是參加一般狩獵邪神的隊伍，應該不可能會有打倒巨人來解救象水母的想法。就因為是和桐人一起掉到這裡來所以才會有這場事件，不，應該說才會有這種友情產生。

當莉法心裡想著這些推測時，噹嘰也愈來愈接近頂端。那根從角落垂下來的階梯樹根也已經愈來愈清晰了。

噹嘰發出「咻嚕嚕……」的聲音，然後便將翅膀打開降低速度，接著像根羽毛般在空中漂浮滑行，最後伸出鼻子像纜繩般纏住階梯附近的樹根前端。

莉法先是盯著在眼前輕輕搖晃的木頭階梯，接著才站起身來。

她很自然地握住桐人的手，開始踩上最下方的階梯。

嚐嘰像是要確認背上的重量是否已經消失般搖了搖身體，接著便放開鼻子，稍微降低一點高度並迴轉巨大身軀。

莉法用另一隻手緊握住由龐大象頭伸出來的鼻子前端。

「……我們會再來的，嚐嘰。你要乖乖的哦。不要再被其他邪神欺負了。」

她輕聲說完之後便放開了手。接著換成桐人握住鼻子，最後連他胸前口袋裡的結衣也用小小雙手緊握一撮鼻子上長出來的毛。

「下次再跟你好好說話唷，嚐嘰先生。」

聽見小妖精令人微笑的話語之後，邪神便以咻嚕嚕嚕的喉嚨聲回答，接著便依序收起了翅膀。

牠就這樣以極快的速度下降。整個身體愈來愈小。

讓羽毛發出最後一次光芒後，這隻不可思議的邪神便消失在幽茲海姆的微暗當中。接下來嚐嘰應該可以輕鬆地生活在沒有人會欺負牠的天空中才是。而有一天莉法一定會再次站在那大洞穴邊緣呼喊牠的名字，而牠也一定還會讓莉法坐到牠背上吧。

莉法迅速地將眼角的淚水拭去，然後看著桐人的臉露出了笑容。

「來，我們走吧！我想這上面應該就是阿魯恩了！」

她用充滿元氣的聲音說完之後，桐人也大大打了個呵欠然後回答：

「好，最後再努力一下吧。那個……莉法啊，斷鋼聖劍的事情別跟別人說啊。」

「啊——真是的，講這種話把整個氣氛都破壞光了啦……」

輕輕戳了一下黑衣守衛精靈的肩膀後，莉法就這麼牽著他的手開始迅速爬起粗壯樹根上的螺旋階梯。

從巨大蚯蚓體內掉到這裡只花不到三分鐘的時間，但要用自己的腳走回去時道路可就非常遙遠了。莉法老早就放棄去數這條被發光香菇隱約照亮的樓梯到底有幾階，她只是不斷向上爬著，大概經過十分鐘以上的時間後——前方終於出現一道細微的光線。

默默和桐人交換了一下眼神，兩人開始了最後的衝刺。他們一次爬過兩階樓梯，用頭往開在木頭上的樹洞撞去。

「吱磅！」一聲過後，兩人掉在一片長滿青苔的露台上。由於速度太快而直接在地上轉了一圈，接著才在石板上坐了下來。

他們一瞬間先閉起了雙眼，接著才迅速抬起頭來，而這時出現在眼前的就是——

異常美麗且莊嚴的高層都市夜景。

類似古代遺跡的石造建築物四通八達地連結在一起。成排的黃色火把、藍色魔法光與粉紅礦物燈閃爍的模樣就像星光一模一樣。而在這些亮光下行走的玩家們，身型可以說是高矮胖瘦全部都有。這是因為九種精靈族的人全部混雜在裡面了。

稍微眺望了一下光輝耀眼的夜景之後，莉法忽然抬頭往正上方看去。

深藍色的夜空當中，確實可以見到枝葉清晰的影像。

「…………世界樹…………」

低聲說完之後，莉法便把視線移到旁邊的桐人身上，接著又開口說：

「……不會錯了。這裡就是『阿魯恩』。也是阿爾普海姆的中心。世界最大的都市……」

「嗯嗯。我們終於到了……」

結衣由正在點頭的桐人胸前口袋露出臉來，然後露出耀眼的笑容。

「哇啊……！我還是第一次到有這麼多人的地方來！」

其實莉法也跟她一樣。至今為止她從沒想過會有那麼多離開自己的領地，盡情享受自由冒險的玩家存在。

兩人與一隻妖精就這樣暫時坐在高地的露台邊緣，體驗這座大城市所帶來的喧囂。

但是不久之後便有像管風琴的巨大厚重聲音響起。接著就是柔軟的女性聲音從空中降下。那是表示從凌晨四點開始要進行每週一次的定期系統維護，所以伺服器將會暫時關閉的營運廣播。由於從來沒有持續登入到這麼晚的時間過，所以莉法也是第一次聽見這種廣播。

莉法心裡一邊想著由昨天開始就一直有許多全新的體驗，一邊用力把兩腳往前一甩然後站

起身來。

「今天就先到這裡了。我們到旅館去登出吧。」

「系統維護都到幾點？」

「到今天中午十二點。」

「這樣啊……」

桐人先是將視線往下移，接著又忽然抬頭凝視著上空。

遙遠的前方有著世界樹往四面八方擴散的枝葉。

當看見桐人將黑色眼珠瞇了起來，稍微牽動嘴角的模樣後，莉法才想起這名少年到阿爾普海姆來的目的。

他是為了要跟世界樹上方的「某個人」見面。

那到底是誰呢。如果不是任務上的ＮＰＣ，難道是營運公司的工作人員，又或者是……

但在她繼續想下去之前，桐人便恢復以往的表情然後開口說道：

「我們來找旅館吧。我現在已經是一貧如洗了，所以沒辦法住太貴的地方。」

「……打腫臉充胖子把所有財產交給朔夜才會有這種下場。至少也要留下住宿費吧！」

莉法將腦袋裡一瞬間的想法拋開之後便開始笑了起來，接著又對桐人胸前的結衣問道：

「妳爸爸他都這麼說了，那附近有什麼便宜的旅館嗎？」

不可思議的是這時導航精靈正皺起眉頭凝視著世界樹，但她聽見莉法的問題後馬上就笑著回答：

「嗯嗯，從那邊下去之後好像就有超便宜的旅館了！」

「咿，超便宜的那種嗎……」

不管臉上露出抽搐表情的莉法，桐人馬上邁開腳步。莉法在沒辦法的情況下也只好跟了上去。

明明已經因為過度熬夜而非常想睡了，但莉法還是因為胸口小小的騷動，最後又抬頭看了一眼世界樹。

當然她沒辦法從融入遙遠夜空當中的枝葉上發現任何東西。

6

二〇二五年一月的現在，亞絲娜／結城明日奈可以說是遭到雙重囚禁。

第一層禁錮是圍住四周的黃金柵欄。關住她的雖然只是個把尺寸加大的美麗鳥籠，但無論用什麼方法也沒辦法破壞它纖細的欄杆。

因為每根欄杆之間足有一公尺寬的鳥籠並不是由金屬而是由數位代碼所構成，只是假想世界的3D物件。只要系統上寫入「無法破壞」的程式，那麼就算是用大鐵鎚來敲打也無法傷它分毫。

而第二層禁錮便是亞絲娜所潛行的這座假想世界。

世界的名稱是「ALfheim Online」。簡稱ALO。是由名為「RECT・PROGRESS」的企業所營運的假想大規模網路RPG——也就是所謂的VRMMO遊戲。

ALO本身其實是很普通的網路遊戲，目前也在正常營運當中，裡頭有數萬人的一般玩家付出連線費用來享受這個遊戲。但是有一個男人卻因為自己的私慾，暗地裡利用這款遊戲進行著非常巨大的不合法．非人道計畫。

驅動ALO的基礎系統，是二〇二二年至二四年裡震撼整個日本的「Sword Art Online」這款遊戲的複製品。

SAO將不分男女老少的一萬名玩家囚禁在假想世界裡，並且造成四成左右的人死亡。而其開發．營運企業「ARGUS」也遭受這起恐怖事件的波及而迅速倒閉。SAO伺服器於是被委託給知名電子機械製造商「RECT」的完全潛行技術研究部門來維持與管理。而擔任這個要職的邪惡男子，不只利用拷貝的基礎系統來建立ALO並將其交給子公司來營運，還把完全攻略死亡遊戲時就應該馬上被解放出來的一部分SAO玩家，大概三百人的意識給直接「綁架」到ALO伺服器裡面來。

男人的目的是要利用這三百人的腦做實驗，研究靠完全潛行系統來操縱記憶以及感情的技術。

這個男人也將亞絲娜的意識監禁在ALO世界裡面。他將亞絲娜的分身關在黃金鳥籠裡，然後將鳥籠高掛在聳立於阿爾普海姆中央，其他玩家絕對不可能到達的「世界樹」枝頭上。而男人的目的就是要趁亞絲娜在現實世界裡昏睡時成為她的丈夫，進而得到亞絲娜父親，也就是RECT董事長．結城彰三後繼者的位子。SAO事件解決至今已經過了兩個月，他的兩個目的也幾乎都快要達成了。

這名野心男子的名字叫做須鄉伸之。

而他的另一個名字則是阿爾普海姆的支配者「精靈王奧伯龍」。

亞絲娜用費盡千辛萬苦才獲得的開鎖密碼將門打開後，終於成功來到鳥籠外面。她一邊看著快要沉到平緩地平線下的鮮紅太陽，一邊慎重地向前走著。

粗大「世界樹」的樹枝上嵌有一條道路，而道路低處的壁面與路面上還都雕刻有精緻的圖案，再配合左右兩旁新芽所形成的天然扶手，整體給人一種奇幻世界的感覺。由時常會出來露臉的小動物與小鳥這些活動物體的配置來看，也可以確定她是在「遊戲內部」。

雖然心裡想著這裡應該不會有怪物出現才對，但亞絲娜還是提高警覺地走了幾分鐘路程，最後終於在樹葉簾子對面見到應該是世界樹本體的巨大牆壁。樹枝與樹幹接合的部分有個類似樹洞的黑色孔道，小路便一直延伸到裡面去。亞絲娜在無意識之間一邊墊起腳尖，一邊慎重地往洞穴口靠近。

來到樹洞前面時，可以發現入口本身是模仿天然樹洞而做成扭曲的橢圓形，但裡頭則有一道很明顯是出自於人工的長方形大門。門上雖然沒有門把，但卻有一面觸控式面板。她心裡一邊祈求門沒有上鎖一邊碰了一下面板。

結果門無聲地往右邊滑去。屏住呼吸確認裡面沒有其他人的氣息之後，亞絲娜便迅速閃身入內。

內部是一條灰白色直線往前延伸的通道。通道裡頭有些陰暗，只是每隔一段距離便會有橘色照明燈照耀著無機質的壁面。與外部通路那漂亮的樹木造型不同，這裡似乎是任何物體都懶得配置，可以說是沒有任何裝飾品的單調通道。

簡直就像是遊戲世界忽然變成辦公室的書庫或者是某些嚴肅的地方一樣。赤腳的亞絲娜感覺全白的地板上不斷有冰涼的冷氣傳到自己腳上。這種感覺無情地宣告著她即將進入敵人根據地，亞絲娜不由得咬緊自己的嘴唇。

須鄉伸之是被與茅場晶彥不同的瘋狂思想所支配的男人。

身為企業的一份子，卻利用自己身分綁架了三百個人腦部來進行危險的人體實驗，他的精神狀態已經不正常了。他一切的行動都是來自自己永無止盡的慾望。一直以來他都是被永遠想要更多的無窮貪念所驅使著。從小就認識他的亞絲娜非常了解他的這種性格。

須鄉現在已經獲得亞絲娜的一部分，更因為確定自己不久後將會得到她的全部而有了某種程度的滿足。當他知道亞絲娜自己嘗試由鳥籠脫身而出這件事時鐵定會暴跳如雷。到時候他將盡可能給予亞絲娜最大的屈辱，甚至還有可能直接把亞絲娜拿去當成他邪惡研究的試驗品。一想到這裡，亞絲娜的雙腳就幾乎快要失去力量。

但如果在這裡轉身回到鳥籠去的話，亞絲娜就可以說在精神上完全輸給了須鄉。如果是桐人的話，就絕對不會站在這裡猶豫不決。就算手裡沒有劍他也會大步向前邁進。

亞絲娜挺直腰桿，凝視通道前方。好不容易才讓重如鉛塊的腳往前踏出一步。一旦跨出第一步之後，後面的腳步很自然便不斷跟上來。

這似乎是條永無止盡的道路。上下左右的面板別說是接合線了，甚至見不到任何瑕疵，讓人開始懷疑起自己到底有沒有在移動。亞絲娜只能靠著偶而出現在天花板上的橘色燈光不斷向前走，最後看見正面出現第二扇門之後才終於鬆了一口氣。

這扇門與第一扇門可以說完全一模一樣。亞絲娜再度慎重地用手指碰了一下面板。果然門又無聲地向旁邊滑去。

這次門裡面也是與剛才完全相同的通道，只不過左右兩邊皆可通行。雖然已經感到有些厭煩，但亞絲娜還是穿過那扇門。驚人的是，幾秒鐘後自動關閉的門瞬間便融入牆裡不留任何痕跡。亞絲娜急忙在牆壁上到處摸著，但似乎已經沒辦法再將門打開了。

亞絲娜聳了聳肩之後，決定把門的事情拋在腦後。反正她也沒打算再回到那裡去了。她抬起臉來往左右兩邊看了一下。

通路這次已經不是直線而是呈平緩的圓弧形。經過短暫考慮之後，亞絲娜開始往右邊的通道走去。

隨著她不斷前進，腳底也發出細微「啪噠啪噠」的腳步聲。當她又開始覺得有些奇怪，想說自己是不是沿著圓形通道重複走了好幾圈時——終於有牆壁以外的東西進入亞絲娜的視線當中。

彎道內側，淺灰色的牆壁上貼著某張類似海報的東西。亞絲娜忍不住跑過去一看之下，發現那是這個地方的導覽圖。她立刻聚精會神地看了起來。

長方形物體上部以極為普通的字體寫著「研究室全圖 C層」這樣的內容。下方則是簡單的平面圖。看來她目前的位置是在三層正圓形通道的最上面一層。

亞絲娜目前所在的C層除了通道之外便沒有任何東西。剛才通過那條連接鳥籠的直線道路並沒有被標示出來。但是下方的B層與更下方的A層裡，圓環通道的內側則有各式各樣的設施——像是「檔案閱覽室」、「主螢幕室」、「休息室」等等。

樓層之間的移動似乎是靠地圖上標示在圓環頂端的電梯來實行。由俯瞰視點所畫出來的圓形三樓層之間有一條垂直線將其連結起來，代表電梯的直線甚至還延伸至樓層下方。

視線沿著表示電梯的直線一路往下看後，發現最下方是一間長方形的寬廣房間。見到標示在上面的文字時，亞絲娜馬上感覺到背後一陣惡寒。那上面的文字是「實驗體收藏室」。

「實驗體……」

輕聲說出來的名詞在亞絲娜嘴裡留下苦澀的味道之後才消失不見。

這裡無疑就是須鄉的非法研究設施。確實，只要把所有研究都搬到假想世界裡進行，那就可以輕易瞞過公司了。就算秘密快要被發現，也只要一根手指就能把所有證據消滅，甚至連一張紙都不會留下來。

至於這個設施的主要目的，其實從「實驗體」這名詞就可以知道。被須鄉綁架的舊ＳＡＯ玩家。他們的精神就是被以某種形式監禁在導覽圖標示的收藏室裡面。

亞絲娜靜靜考慮了一陣子之後，轉過身子繼續開始在通道裡前進。快步走了幾分鐘後，通道左手邊的外側牆壁上便又出現了平淡無奇的電動門。旁邊牆壁上依然設有面板，上面還有個朝下的小三角形。

亞絲娜深呼吸一下之後用手指碰了那個三角形。結果門馬上就往旁邊滑開，接著出現一間長方體房間。踏進房間裡並將身體半轉過來後，馬上就見到與現實世界電梯同樣的操縱面板。

亞絲娜猶豫了一瞬間，接著按下並排的四個按鈕裡最下面那個按鈕。門立刻關上，接著是相當輕微的下墜感包圍住身體。搭載亞絲娜的小箱子無聲地朝假想大樹根部下降，幾秒鐘之後便伴隨著假想的減速感逐漸停了下來。光滑的純白色電梯門上忽然出現前一刻還沒有的直線裂縫，接著便往左右打開。

亞絲娜盡可能不讓自己發出任何聲響，悄悄往門外跨出一步。

眼前是與上層同樣沒有任何裝飾的通道，直線向前延伸。亞絲娜確認過沒有人之後開始向前走去。

奧伯龍只給了亞絲娜一件簡單又單薄的洋裝，實在讓人覺得有些心慌。但是她倒是很慶幸自己現在是打赤腳。如果腳上有穿鞋子的話，就一定會有腳步的效果聲音會出現。亞絲娜從前在SAO裡面，嘗試不讓怪物注意到自己存在由背後攻擊或是伏擊時，也曾捨棄防禦力而光著腳。

除了實戰之外，亞絲娜也曾與桐人、克萊因、莉茲貝特等人在阿爾格特的廢墟地區玩過好幾次「偷襲遊戲」，原本就是輕裝備的她由於幾乎沒有發出聲音的因素，所以在遊戲裡總是能拿到好成績。但是不知為何對桐人的背後攻擊總是無法成功，有一次終於忍不住試著打赤腳來接近他，但就在木劍快要擊中桐人時便被察覺。桐人不但輕鬆躲過攻擊還把亞絲娜的腳抓來搔癢，讓她差點就要笑死了。

跟不曉得是否還存在的真實世界比起來，現在還比較想回到那個時候——亞絲娜隨著忽然浮現的眼淚而有了這種想法，但她隨即搖了搖頭將自己的感傷拋到腦後。

桐人他在現實世界裡等我。自己唯一應該去的地方就是他的臂彎。因此亞絲娜現在只能不斷前進。

通路其實沒有多長。走著走著前方便出現一扇平板門。

亞絲娜心裡打算如果門鎖著的話，就到上層實驗室裡去尋找系統控制台。結果她一站到門前，門便出乎意料之外的靜靜往左右兩邊打開了。亞絲娜還因為門內所射出來的強烈光芒而瞇起了眼睛。

「…………？」

一看見內部，亞絲娜便倒吸了一口氣。

裡面是一片非常廣大的空間。

可以說像是一座超巨大的活動會場。除了遙遠的左右兩邊以及正面深處的垂直壁面之外沒有其他細部物體，所以遠近感似乎暫時失去功能。天花板上全部發出白光，而同樣是白色的樓層裡——緊密且整然有序地排列著許多類似短柱般的物體。

確定視線當中沒有任何會動的東西後，亞絲娜便畏畏縮縮地往裡面走去。

根據亞絲娜的觀察，柱型物件大概是以十八根為一列而擺設著。如果這裡是正方形空間的話，那依照十八的平方來算，已經快要接近三百根短柱了。她一邊壓抑自己的恐懼心，一邊接近其中一條短柱。

白色圓柱由地板上一直延伸到亞絲娜胸部左右的高度。尺寸大概有兩手合抱那麼粗。由平滑表面的狹小細縫裡可以見到裡面似乎飄浮著某種物體。而浮著的物體，怎麼看都像是——人類的腦髓。

尺寸雖然與真實的腦髓差不多，但色澤就沒有真實感了。它是由青紫色的半透明素材所構成。以假想物體來說實在非常細緻，與其說是利用全息光學所呈現的立體影像，倒不如說是把藍寶石直接加工後的雕像。

仔細觀察之後，可以發現透明腦部的各個地方都會有電流周期性出現，而當電流消失時便會產生彩色火花。簡直就像把好幾根極細的仙女棒集中起來一樣。

在亞絲娜皺著眉頭凝視之下，呈放射狀的一部分電流網路竟然加強了脈動。最末端的火花也由之前的黃色變成紅色並且開始不斷閃爍。腦髓下方所表示的半透明表格持續紀錄這些激烈的反應。表格旁邊不斷流出來的細微記錄上有許多數字與符號混在一起，偶而還可以見到Pain、Terror這樣的單字。

……他正感到痛苦。

亞絲娜直接產生這樣的感覺。

眼前的腦髓現在正因為巨大的痛苦、悲傷或者是恐懼而不斷掙扎著。不斷出現的火花便是腦部的悲鳴。亞絲娜眼前忽然浮現了腦髓主人的幻影。他的臉孔已經整個扭曲，嘴巴雖然張開到已經快要脫臼的地步，但還是不斷重複著無聲的吼叫。

由於受不了這樣的想像，亞絲娜不由得後退了幾步。腦袋當中閃過在上層見到的導覽表上寫著「實驗體收藏室」——以及奧伯龍所說過的話——「操縱感情的技術」。將那些情報與眼前的景象結合之後，亞絲娜得到了一個結論。

也就是說，這個腦髓以及周圍其他數百具腦部，全都不是由電腦所生成的假想物體，而是真正的人類——也就是過去ＳＡＯ玩家們的即時螢幕影像。原本遊戲被完全攻略時他們就應該被解放出來了，但須鄉卻將他們關到這個地方，然後利用NERvGear在他們身上進行操控思考、感情、記憶這樣的惡魔實驗。

「竟然……做出如此殘忍的事情……」

亞絲娜用兩手摀住嘴巴，然後在喉嚨裡如此囁嚅著。

這裡所進行的研究跟複製人技術一樣，是人類絕對不可以進入的禁忌領域。這除了是犯罪行為之外，也代表人類的思考，亦即靈魂這個最大且最後的尊嚴正在遭受踐踏與破壞。

亞絲娜轉動僵硬的脖子將視線往右邊看去。距離她兩公尺左右的地方也有同樣的圓柱，裡頭也有藍色透明的腦髓浮在上面。雖然造型與眼前這個完全一樣，但對面那個「某個人」的腦髓上面的電流較為緩慢。迸出來的火花也是黃色中略帶一點紅色，看起來簡直就像濃稠的液體一樣。

而它的後面……以及更後面，那些整齊排列在一起，看起來似乎有無限數量的俘虜們，透明腦髓都被染上各式各樣的色彩，而他們本人則都在發出絕望的悲鳴。

亞絲娜拚命壓抑住自己恐慌的心情，然後將停留在眼角的眼淚擦掉。

這是絕對不可原諒的事情。不，應該說亞絲娜絕對不允許有這種事發生。自己和桐人絕對不是為了讓須鄉做這種事而賭上性命戰鬥的。她一定要將須鄉所幹的壞事揭發出來，讓那個男人受到應有的懲罰。

「等我一下……我馬上會救你們出來……」

低聲說完之後，亞絲娜便由側面輕輕摸了一下正感到痛苦的腦。接著她堅定地抬起頭來，快步朝房間深處走去。

當一邊前進一邊數的圓柱數目超過十根時，亞絲娜耳朵裡忽然聽見像是人類講話的聲音。她馬上反射性地低下身體，然後整個人貼在附近的圓柱上。

亞絲娜慎重地看著四周圍並尋找聲音的來源。類似講話的聲音是由右手邊深處所流出來。亞絲娜保持著幾乎可以說是爬行的姿勢，慢慢往那個方向前進。

當她經過了幾根圓柱的陰影之後，在前方見到了相當奇怪的東西。

「…………？」

她急忙把身體縮了回去。眨了好幾次眼睛之後，才又畏畏縮縮地把頭探出去。

——現在已經消失的艾恩葛朗特，其第六十一層被稱為是「蟲蟲樂園」。整個樓層就如它的名字一樣充滿了蟲系怪物，對包含亞絲娜在內的大多數女性玩家來說，那裡就像是地獄一樣。而怪物之中最討人厭的，是一種叫做「公牛蛞蝓」的巨大蛞蝓型怪物。牠那有黑色斑紋的灰色表皮被一層濃稠的黏液所包圍著。那種以大小共三對的眼柄瞪人然後由嘴裡伸出觸手攻擊過來的模樣實在可以說是亞絲娜的惡夢——

但目前在離亞絲娜數公尺遠的地方，背對著她講話的兩隻生物就與公牛蛞蝓非常相像。

巨大蛞蝓們盯著一根圓柱裡的腦髓看然後熱烈地交換著意見。右邊的蛞蝓一邊晃動長眼睛一邊用尖銳的聲音說：

「喂，這傢伙又在做關於史皮卡的夢了。B13和14區域也已經突破界限。16也出現了很高的數值……太棒了！」

左邊的蛞蝓一邊用觸手碰著浮在實驗體周圍的全息圖視窗一邊回答：

「這只是偶然吧？才第三次而已不是嗎？」

「不，這是感情誘導線路形成的結果。雖說是我把史皮卡的影像插進他的記憶領域當中，但這種出現頻率已經超出界限值了。」

「嗯——總之還是繼續把他列為觀察對象好了……」

亞絲娜心裡一邊對這兩隻用尖銳聲音談話的蛞蝓感到厭惡，一邊再度躲進柱子的陰影底下。

雖然不清楚為什麼會是那種模樣，但他們應該是幫助須鄉從事非人道試驗的部下。從他們談話裡聽不見一絲良心不安的感覺。

亞絲娜緊握起右手，心裡想著如果這隻手裡有劍的話……就能給這兩個醜陋傢伙應有的報應了。

她好不容易才讓燃燒起來的怒火沉靜下來，接著慢慢向後退去。與蛞蝓們隔了一段距離之後，亞絲娜再度朝著房間深處前進。

她謹慎地以最快速度經過一根根圓柱，最後終於來到房間最深處。果然——可以見到有一塊黑色立方體飄浮在遠方的白色牆壁前面。

那塊黑色立方體讓她想起曾在艾恩葛朗特底層的地下迷宮裡見到過的系統控制臺。如果能使用那個控制臺來進入管理者權限的話，或許就能由這個瘋狂的世界裡登出也說不定。

但接下去的路程就沒有任何可以作為掩護的物體了。亞絲娜深深吸了一口氣，下定決心後便從圓柱陰影裡跑了出去。

她盡量不發出任何聲音並全力朝著系統控制臺衝過去。雖然只有十公尺左右的距離，但感覺上像是永遠到不了一樣。

每跑一步就會擔心是不是有人從背後叫住她。但亞絲娜還是死命動著僵硬的雙腳，好不容易才來到控制臺前面。她立刻轉身看了一下。在並排著許多圓柱的遠方，可以看見有觸手稍微在搖晃著。看來蛞蝓們還在熱烈交談當中。

亞絲娜再度面向漆黑的控制臺。黑色斜切的臺子雖然沒有任何動靜，但是它的右端有一道細縫，細縫上端可以見到一張應該是卡片鑰匙的銀色物體插在裡面。她一邊祈禱一邊伸出手，抓住卡片之後便一口氣將它向下滑去。

「碰——」的效果音響起，讓亞絲娜嚇得把脖子縮了起來。細縫左邊浮現了淡藍色視窗與立體鍵盤。

可以見到視窗上排滿了各種選單。亞絲娜按耐住焦急的心情，由最旁邊開始確認起細小的英文字體。

她在左下方發現了「Transport〈轉送〉」的按鈕，接著用發抖的手指碰了按鈕一下。結果一道新視窗隨著「噗」的聲音浮現。上面標示著整間研究設施的平面圖。看來可以利用系統隨意跳躍至各個地方。

但是亞絲娜已經不願意繼續待在這裡了。她拚命動著眼睛，見到右邊角落上有個「Exit virtual labo〈脫離假想實驗室〉」的按鈕正發出細微光芒。

「就是這個了……！」

她嘴裡輕輕叫了一聲，然後又碰了一下該按鈕。上面接著又出現了一個新視窗。小長方形上面有著「Execute log-off sequense?〈確定要登出嗎？〉」的短文與ＯＫ、ＣＡＮＳＥＬ的按鈕。

神啊——

她一邊在心裡拚命默念著，一邊伸出右手準備觸碰ＯＫ按鈕時——

突然有條灰色觸手從背後緊緊纏住亞絲娜的右手。

「…………！」

亞絲娜奮力壓抑快要衝出嘴的悲鳴，拚命想把手指接近按鈕，但纖細的觸手簡直就像是鋼絲一樣根本不允許她的手再往前移動一分。接著又有新的觸手纏上她準備伸出去的左手。亞絲娜的雙手就這樣被往上綁了起來，整個人被吊在半空中。

捕獲者把亞絲娜被高高吊起的身子半轉過來。結果果然就是剛才那兩隻巨大蛞蝓抓住了她。

有著橘色虹彩，大概有網球那麼大的四顆眼珠在纖細眼柄上晃動著。沒有任何感情的眼睛像是在檢查亞絲娜的臉孔與身體一樣直盯著她看，但不久後左邊蛞蝓的圓形嘴巴便蠕動起來，發出猶如殺雞般的聲音。

「——妳是誰？在這裡做什麼？」

亞絲娜隱藏內心的恐懼，極力裝出平靜的聲音說：

「快把我放下來！我是須鄉先生的朋友。是他讓我來這裡參觀的，但我現在想要回去了。」

「咦？我怎麼沒聽說有這回事？」

右邊蛞蝓的兩根眼柄像是表示懷疑般彎了起來。

「你有聽說嗎？」

「沒有。不過讓外人見到這些設施應該不太妙吧！」

「啊……等等……」

圓圓的眼珠往前伸過來，直盯著亞絲娜的臉看。

「……妳應該就是須鄉老大關在世界樹上面的那個女孩對吧……」

「啊——啊——這我倒是有聽說。老大真是狡猾，竟然把這麼可愛的女孩……」

「嗚……」

亞絲娜回頭往控制臺看去，並且伸出左腳準備用腳尖去觸碰按鈕。但是蛞蝓嘴巴附近又伸出新的觸手將她的腳也給綁住了。她雖然試著扭動身體來抵抗，但在她成功之前，全息圖視窗便因為時間過久而恢復成最原始的畫面。

「喂喂，別亂動啊！」

蛞蝓不斷伸出觸手，開始把亞絲娜全身綁得緊緊的。無情的觸手整個深深陷入她腹部和大腿上的嬌柔肌膚裡面。

「好痛……！住手……快放開我，你們這兩隻怪物！」

「啊——真是過分。我們這可是在做深部感覺的測試實驗耶。」

「對啊對啊。要像這樣操縱這副身體可是要經過相當的訓練唷！」

假想世界特有，宛如被蠶絲綿包圍起來的鈍重疼痛感，讓亞絲娜繃起了臉。但她還是努力對著蛞蝓們罵道：

「你們也算是科學家吧……？幫忙須鄉做這種非人道的研究……難道一點都不會覺得可恥嗎？」

「嗯——比把實驗動物的腦露出來然後插上電流要人道多了吧。這些傢伙都只是在作夢而已啊。」

「對啊對啊。我們偶爾會讓他們做非常舒服的美夢唷。我看他們還應該感謝我們哩。」

「……你們瘋了……」

亞絲娜邊感覺到一股凍人的寒氣邊這麼囁嚅道。這種沒感情的蛞蝓才是這群傢伙的真正外表。

蛞蝓們完全不在意亞絲娜所說的話，開始看著對方然後交談起來。

「老大他應該出差去了吧？你到現實世界去請示一下該怎麼做吧。」

「嘖，真是麻煩。亞那，你可別趁我不在時一個人享受啊。」

「知道了知道了。你快點去吧。」

一隻蛞蝓把觸手從亞絲娜身上移開之後，就靠著那根觸手敏捷地操縱起控制臺。按了好幾次按鈕，他巨大的身軀就這麼無聲的消失了。

「…………！」

看見眼前的情況之後，亞絲娜不由得心急如焚起來，開始拚命搖晃著被綁緊的身體。通往現實世界的出口——自己夢寐以求的通道就在眼前。那扇門像故意要讓人心焦般打開了一道小縫，然後從裡面洋溢出刺眼的光芒。

「放開我！放開我！讓我出去！」

亞絲娜雖然瘋狂的大叫，但是蛞蝓的觸手卻絲毫沒有放鬆。

「不行啊——我會被老大給殺了。倒是妳一直待在這種什麼都沒有的地方一定覺得很無聊吧？要不要一起來試一下電子毒品？那些人偶我已經玩膩了。」

在他說話的同時，又濕又冷的觸手便開始摸起亞絲娜的臉頰。

「住……住手！你想做什麼……？」

她雖然拚了命的抵抗，但蛞蝓卻不斷伸出新的觸手。所有觸手開始摸起亞絲娜手臂和腳的肌膚，甚至開始侵入她的洋裝裡面。

亞絲娜一邊忍受著全身被撫摸的不舒服感，一邊將全身放鬆裝出一副沒有力氣再抵抗的模樣。一根得意忘形的觸手開始靠近她的嘴巴。當它碰到亞絲娜嘴唇的瞬間——

她馬上抬起臉來，用力往觸手咬下去——

「哇呀！痛痛痛痛痛痛！」

她完全不理會蛞蝓的悲鳴，毫不留情地把牙齒咬進觸手裡面。

「停、快停！好痛！我知道了、我知道了啦！」

確認潛入衣服裡的觸手已經撤退後，亞絲娜才鬆開嘴巴。被咬到痛得受不了的觸手馬上縮了回去。

「好痛啊，忘記疼痛緩和裝置已經關起來了……」

當蛞蝓將眼柄縮了回來並發出呻吟時，他身邊忽然出現了一道光柱。另一隻蛞蝓隨著效果音出現了。

「……？你在幹什麼？」

「沒事沒事。倒是老大他怎麼說？」

「氣到整個人抓狂了。要我們馬上把她關回鳥籠，然後變換門的密碼並二十四小時監視她。」

「嘖，還以為能夠享受一下呢……」

亞絲娜由於太過於失望而感到眼前一片黑暗，千載難逢的機會就這麼從指尖溜過了。

「至少不要用傳送，讓我用走的送她回去吧。我還想體驗這種觸感。」

「你也真是愛玩耶。」

綁著亞絲娜的蛞蝓開始蠕動沒有腳的身體並轉向收藏室入口。當兩隻蛞蝓將視線移開的瞬間，亞絲娜迅速伸出了右腳。她的腳尖夾住插在控制臺細縫裡的卡片鑰匙然後將它拔了出來。

同一時間視窗也因此而消失，但蛞蝓們似乎沒注意到這件事。亞絲娜接著便像蝦子般弓起身子，然後將腳尖上的卡片移動到被綁在身體後面的手裡。

「喂喂，不要亂動啊。」

蛞蝓再度將亞絲娜的身體抬起來後慢慢朝出口移動。

「喀嚓」一聲後鳥籠的門被關上。蛞蝓的觸手在操縱了一下密碼鎖後對著亞絲娜揮了一揮。

「再見了——有機會的話再來找妳玩——」

「我不想再見到你們了！」

亞絲娜冷冷說完之後便走到對面的欄杆去。兩隻蛞蝓雖然依依不捨地看著亞絲娜，但不久之後還是改變身體的方向，慢慢從樹枝上離開了。

不知不覺間黑夜已經包圍了整個世界。亞絲娜一邊低頭看著遙遠下方閃爍的小小街燈，一邊嚅囁道：

「我不會認輸的——桐人。絕對不會放棄。一定會從這裡逃出去。」

她說完後把視線移到手裡的卡片鑰匙上。雖然沒有控制臺卡片便派不上用場，但現在這已經是她唯一的希望了。

亞絲娜走近床鋪，假裝要躺在床上然後將卡片塞到大枕頭下方。

閉上眼睛後，沉睡的薄紗慢慢包圍住她那已經疲累的腦袋。

7

當我來到還留有一點殘雪的庭院時，早晨凍人的冷空氣迅速將我包圍。但即使是這樣，停留在腦袋裡的睡意卻還是揮之不去。

搖了好幾次頭之後，我才下定決心往庭院角落的洗臉處走去。轉開已經有點歷史的銀色水龍頭，然後用手接住流下來的自來水。

將冰冷到讓人懷疑怎麼沒連水龍頭都結凍的冷水潑到臉上後，被強迫清醒過來的神經馬上發出疼痛感來表達抗議。我不理會疼痛又往臉上潑了兩、三次水之後，直接從水龍頭上喝起水來。

當我用掛在脖子上的毛巾擦臉時，走廊邊緣的玻璃門被拉了開來，穿著運動服的直葉也來到了庭院裡。早晨總是相當有精神的她，今天很難得也跟我一樣睡眼惺忪地搖著頭。

「早啊，小直。」

對她打了聲招呼後，她搖搖晃晃來到我面前，一邊眨著眼睛一邊說：

「早啊——哥哥。」

「怎麼看起來還那麼想睡。妳昨天晚上幾點上床睡覺啊？」

「嗯——大概凌晨4點左右吧……」

我傻眼地搖了搖頭。

「不行唷，小孩子那麼晚睡。妳在幹什麼啊？」

「那個……就上網啊……」

這個答案讓我有點驚訝。從前的直葉絕不可能因為上網而熬夜。我不禁有一種「自己不在的這兩年裡面，這傢伙也有所改變了嗎」的感慨。

「不要那麼晚睡啊。雖然我也沒資格說妳就是了……」

把後半句話含糊在嘴裡帶過後，我從昨晚的記憶裡想起一件事，於是便對直葉說道：

「喂小直，妳向後轉一下。」

「……？」

直葉歪著還未清醒的臉半轉過身子。我把右手放在水龍頭下淋了許多水後，輕輕拉開直葉運動服衣領，然後在她毫無防備的背後滴了一些冰水。

「哇呀————！」

直葉整個人跳起來發出了震天的悲鳴聲。

接著直葉在伸展運動與揮劍練習時也露出一臉生氣的模樣，但約好請她吃附近複合式餐廳的宇治金時覆盆子冰淇淋聖代後，她就馬上原諒我了。

由於今天兩個人都睡過頭，所以運動結束依序淋浴完畢時，時鐘上的指針已經超過九點。母親按照慣例還在寢室裡昏睡當中，所以便由直葉和我兩個人負責準備早餐。

將洗好的番茄切成六等分後，旁邊正在將萵苣切絲的直葉看著我的臉說：

「哥哥，你今天打算做什麼？」

「嗯——中午過後我跟人有約了……中午之前想到醫院去一趟。」

「這樣啊……」

得知亞絲娜目前狀況之後，兩天到醫院去看她一次變成我最重要的習慣。

我在現實世界裡只是個無力的十六歲少年，能幫亞絲娜做的事可以說相當有限。不——應該說完全沒辦法幫她做些什麼。我能夠做到的就只有握著她的手祈禱而已。

我的腦海裡浮現艾基爾送過來的照片。

靠著那個線索而踏入了阿爾普海姆的假想世界，花了兩天時間終於到達照片裡那名少女的所在地附近，但卻還沒有確實的證據能夠證明她就是亞絲娜。有可能自己完全找錯方向了也說不定。

但可以確定那個世界確實有些古怪——

希望亞絲娜永遠沉睡的男人．須鄉。靠他經營的企業來營運的ALfheim Online。殘留在那個世界的「桐人」檔案，與SAO精神狀況管理系統AI「結衣」的存在……目前還不知道這些碎片能拚出什麼樣的圖案來。

今天下午ALO的伺服器定期維護結束之後，我將會在那個精靈國度裡嘗試挑戰突破「世界樹」。每當一想到這裡，興奮的心情就會讓我感到自己背部正在震動。我實在沒辦法繼續待在房間裡，想著自己前進的方向是否正確一直到維護結束為止。

所以我決定在那之前先去跟現實世界裡的亞絲娜見面，再度確認由她身體散發出來的體溫。雖然須鄉曾以亞絲娜的現狀要脅我別再去醫院了，但那個男人應該也沒有什麼具體的辦法可以阻止我才是。

當分工合作處理完番茄與萵苣後，我將它們和水芹一起放進缽裡，然後淋上沙拉醬加以攪拌。當我進行作業時，身邊的直葉原本完全沒有說話，但不久後她便抬起頭來說：

「哥哥……我可以跟你一起去醫院嗎……？」

「咦……」

我不禁感到有些疑惑。至今為止直葉從沒有主動向我詢問過關於SAO的事情。除了之前曾向她提過亞絲娜的事情之外，我在遊戲裡的角色名稱以及其他事情全部沒對她說過。

想起前天晚上因為遭受亞絲娜婚約事件的打擊而在直葉面前哭泣那件事，內心雖然感到有些狼狽，但我還是盡可能用平靜的表情點了點頭。

「嗯嗯……好啊。亞絲娜一定會很高興的。」

結果直葉也笑著對我點頭，但她的笑容裡面似乎帶著一絲陰霾，於是我繼續盯著她的眼睛。但直葉馬上就轉過身子，抱著放沙拉的缽往餐桌走去。

由於她之後沒有什麼異狀，所以我也馬上就忘記直葉那看起來有點僵硬的笑容。

「哥哥，你學校的事該怎麼辦呢？」

直葉坐在我對面的椅子上，一邊發出聲音嚼著生菜一邊這麼問道。

這是個相當重要的問題。我在十四歲，也就是國中二年級的秋天被囚禁到ＳＡＯ裡面，花了兩年時間才從裡面逃脫出來，現在我已經十六歲了。本來今年四月開始應該就是高中二年級的學生，但我當然沒參加過學測，而且腦裡的記憶空間大部分都被ＳＡＯ相關的龐大資訊給填滿，就算想參加也沒辦法。應該要花上好一段時間才能忘記道具價格或怪物的攻擊模式來改記住歷史年號或英文單字吧。

那個戴眼鏡的總務省職員應該告訴過我關於學校的事情才對。雖然當時腦袋裡盡是亞絲娜的我只是漫不經心地聽著，但我還是拚命回憶起來然後回答：

「這個嘛……總務省好像說過要利用在都立高中合併過程中空下來的校舍，成立一所專門的臨時學校來給從ＳＡＯ回來的國高中生就讀。當然不用考試就能入學，畢業之後也能獲得參加大學學測的資格。」

「原來如此。那真是……太好了……」

直葉雖然一瞬間露出笑容，但馬上又皺起眉頭含糊的說：

「……但又好像有種要把所有人集中起來的感覺……」

「哦，妳倒是很敏銳嘛。」

我聽見妹妹的話之後對她笑了一下。

「我想這就是政府的主要目的了。再怎麼說我們這兩年來都是生活在充滿殺戮的死亡遊戲裡面，政府應該也很擔心我們心理層面會不會受到什麼影響吧。把我們集中到一個地方來統一管理，這樣他們才有辦法安心。」

「怎、怎麼會……」

看見直葉臉上的表情整個垮了下來，我便急忙接著說道：

「但是先別理集中管理這些事，政府肯用這種社會援助的方式來對待我們已經是很好了。比如說如果我現在想考普通高中的話，今年就一定得在補習班裡拚個一年才行吧。當然這所臨時學校也不是強制一定要去就讀，也可以選擇靠自己的實力去參加學測就是了……」

「哥哥的成績這麼好，就算靠自己也一定沒問題的！」

「那已經是過去的事了。我都兩年沒看書了。」

「那我來當你的家教吧！」

「哦。那就拜託妳教我數學和資訊處理吧。」

「嗚……」

對說不出話來的直葉笑了笑之後，我便把塗上奶油的吐司塞進嘴裡。

老實說我現在根本沒心情去想學校的事情。我只在意亞絲娜的事情，對於自己是學生這件事情根本還沒有什麼真實感。

雖然回到這個世界來已經過了兩個月，但兩把愛劍不在背上的感覺還是讓我相當心慌。就算知道這裡是現實世界，不會有要奪走我生命的怪物出現，還是會覺得非常不安。今後就算進到學校裡就讀或是年紀增長，我的本質也都還是「劍士桐人」。「桐谷和人」才是假想存在這樣的意識應該還會存在心裡好一陣子吧。

或許這是因為在我心裡，「Sword Art Online」這款遊戲還沒完全結束的緣故吧。必須等亞絲娜回到這個世界來，我才能放下手裡的劍。等到將她奪回來之後，我的世界才會再度開始轉動——

利用手機付完兩人份車資之後，我便帶著直葉從公車的下車門來到道路上。雖然平常都是騎車到醫院來，但今天停止體能訓練而選擇了坐公車。

直葉抬頭看了一下眼前的醫院後瞪大了眼睛說道：

「嗚哇——好大的醫院。」

「裡面的設備也跟飯店差不多唷。」

我對守衛抬起手打了聲招呼後穿過了大門。經過徒步得走上好幾分鐘的漫長林木道路之後，我們才終於踏進暗棕色的建築物裡面。一向身體健康的直葉很難得來到醫院，於是她不斷四處張望著。我拉著她的衣領拖著她一起到櫃檯，請他們發行通行證之後便和直葉一起進到電梯裡面。我們在最頂樓步出電梯，然後在無人的走廊上一路走到盡頭。

「這裡……！」

「嗯嗯。」

我點了點頭。然後將通行證放進門旁的細縫裡。直葉看著旁邊的金屬門牌然後開口低聲說道：

「結城……明日奈……她的角色名稱就跟本名相同（註：日文裡亞絲娜發音與明日奈相同）嗎。很少有這種人對吧？」

「妳倒是很清楚嘛。就我所知直接用本名的人也只有亞絲娜而已……」

我一邊說一邊將卡片往旁邊滑去，接著ＬＥＤ燈便伴隨著細微的電子聲變成綠色，門也跟著打了開來。

房間裡隨即流出一股濃郁的花香。我很自然地降低呼吸聲，接著往公主安眠的寢室內走去。同時我也從緊跟在我後面的直葉身上感覺到緊張的氣息。

把手放在純白布簾上後，我像往常一樣簡短地祈禱著。

下一刻我靜靜將布簾拉開。

＊＊＊

直葉這時甚至忘了呼吸，只是凝視著躺在大床上的沉睡少女。

一瞬間她差點以為眼前的少女根本不是人類而是精靈——一定是住在世界樹上，傳說中真正的光之精靈。眼前的少女就是給人這種清新脫俗的感覺。

身邊的和人也暫時無言地佇立在當場，但不久後便輕嘆了口氣以細微的聲音說：

「我來跟妳介紹。她就是亞絲娜……『血盟騎士團』副團長、人稱『閃光』的亞絲娜。出劍速度與準確度是我到最後都望塵莫及的……」

稍微停頓一下後，和人便把視線放回少女身上接著繼續說：

「亞絲娜，她是我妹妹直葉。」

直葉微微往前走了一步，畏畏縮縮的說：

「妳好啊……亞絲娜小姐。」

當然，沉睡中的少女沒有答話。

直葉接著把視線移到囚禁少女頭部的那頂深藍色頭盔上。那是直葉以前每天見到，有時會對它感到非常厭惡的「NERvGear」。它前端發出深藍色光芒的三顆ＬＥＤ指示燈正顯示——少女亞絲娜的意識依然存在。

哥哥現在應該也跟從前的我一樣，體驗著心愛的人被關在那個遊戲裡的深沉悲痛吧。直葉一想到這裡，心裡便激起了一陣漣漪。

這個像精靈般美麗的人，靈魂竟然被殘留在某個異世界當中，這實在是太殘酷了。直葉希望她能趕快回到現實世界的和人身邊，讓他能早日取回發自內心的笑容。

但直葉同時也不想看見和人無言凝視著亞絲娜的表情，於是她垂下了視線。她稍微有點後悔來到這個地方了。

向和人提出同行的要求時，直葉心裡想著今天一定要確認自己的心情。

自從母親翠對她說出真相之後，直葉在這充滿後悔與期盼的兩年裡，內心開始產生一股疼痛感。那種感覺究竟是對哥哥的敬愛，或者是對表哥的愛慕呢。自己究竟希望在和人身上得到什麼呢？

就這樣一直待在和人身邊……然後作一對感情良好的兄妹。但自己真的這樣就滿足了嗎？

除了一起運動、一起吃飯之外，自己難道就真的別無所求了嗎？

這是和人回來後的兩個多月以來，直葉不斷詢問自己的問題。

於是她心想：如果能直接與佔據和人內心的那個「女孩」見面，是不是就能夠得到答案了呢。

但直葉如今站在這間充滿金色靜謐陽光的病房裡時，內心卻感到一陣恐懼。她害怕得知真正的答案。

當她一邊讓自己不去看和人，一邊準備開口說「不打擾你們，我先出去了」時——

和人忽然往前走去而讓直葉錯失開口的機會。他繞過床鋪底端然後在對面的椅子上坐了下來。直葉視線裡自然映出和人的身影。

和人用雙手包圍住亞絲娜由純白床單裡露出來的小手，靜靜地看著少女沉睡的臉龐。當直葉見到和人臉上的表情時——

「嗚………」

有一股尖銳痛楚直接深深貫穿直葉的心臟。

她心想，這到底是什麼樣的眼神啊。那種眼神簡直就像花了好幾年……不對，應該說從前世到今生、甚至到來世都不斷在尋找命運伴侶的旅人一樣。溫柔、平穩的光芒深處，可以感受到和人瘋狂的愛意，他甚至連眼珠的顏色都跟平時不同。

就在這個瞬間，直葉知道自己心裡追求的究竟是什麼，但她同時也了解到自己將永遠無法達成目的。

她甚至連回家路上與和人說過什麼話都記不得了。

回過神來之後，直葉已經躺在自己床上，凝視著天花板上海報的一片藍天。

這時床頭板上的手機發出輕快聲音。那不是來電鈴聲，而是昨天晚上睡前設定好的鬧鐘。下午三點，正是ALO的伺服器定期維護結束，那個世界的大門再度打開的時刻。

她不想在現實世界裡流淚。因為一旦哭出來反而會讓自己無法死心。

因此她決定在精靈國度裡稍微流些眼淚。如果是那個總是充滿元氣的莉法，一定能夠馬上就恢復笑容。

直葉將鬧鐘停止，接著拿起放在旁邊的AmuSphere。靜靜戴上之後，再度躺到床上。最後閉起眼睛，開始讓靈魂飛翔。

她以風精靈族少女的身分在阿爾普海姆央都「阿魯恩」外圍一間旅館裡醒了過來。

昨晚——正確來說應該是今天早上，莉法好不容易才從地下世界幽茲海姆裡脫身而出。爬完樹根上漫長的階梯之後，結果讓人失望的是出口在阿魯恩街道外圍。背後樹根上打開來的巨大樹洞幾秒鐘後便合了起來，似乎也不會再次打開的樣子。

接著他們一邊揉著快閉上的眼睛一邊到最近的旅館登記住房，甚至連訂兩間房的時間都沒有便躺在床上直接睡眠登出了。

莉法撐起身體後坐在床沿。街上的喧囂、空氣的味道以及自己肌膚的顏色都改變了，但刺進心底深處的悲痛感卻沒有消失。她低下頭去，任由痛楚變成液體囤積在自己的眼角。

數十秒之後，她身邊隨著輕快的效果音出現了另一道人影。莉法慢慢將頭抬了起來。

黑衣少年看見莉法的模樣後稍微瞪大了眼睛，但馬上就用溫柔的聲音對她說道：

「妳怎麼了……莉法？」

他那平穩又宛若夜裡微風的笑容跟和人有些相似。一見到他，莉法的眼淚便從雙眼滑落，變成光點飛散在空中。她勉強在臉上擠出微笑然後開口說：

「桐人……我……我、失戀了……」

桐人深黑的眼眸直盯著莉法看。這個外表看起來相當成熟又帶著神秘感的少年——一瞬間讓莉法有想對他說出一切的衝動，但最後還是咬緊牙根忍耐了下來。

「抱……抱歉，竟然對剛認識的人說出這種奇怪的話來。把真實世界裡的問題帶到裡面來算是違反禮儀吧……」

莉法保持著笑容然後迅速這麼說道。但臉頰上的淚水卻完全沒有停止的跡象。

桐人伸出左臂，將戴著薄薄手套的手放在莉法頭上。接著像要安慰她般輕輕地摸了兩、三下。

「——不論是在外面還是在這裡，難過的時候就盡情地哭吧。誰說遊戲裡面就不能表達自己的感情。」

在假想世界裡行動或是說話時一定會有些不自然的地方。但是桐人不論是帶有韻律感的柔軟聲音，或是摸莉法頭時的手部動作卻都是那麼順暢。這些情報直接溫柔地包圍並且流入莉法的感覺神經。

「桐人…………」

低聲說完後，莉法便將頭靜靜靠在身邊的少年胸前。每當悄悄流下的淚水滴落在桐人衣服上時，就會散發出淡淡光芒並且開始蒸發。

——我喜歡哥哥。

莉法像是要確認自己的心意般在胸口深處呢喃著。但她馬上又接著說道。

——但是我卻不能把這種心情說出來。我得把它埋藏在心底深處。直到有一天完全淡忘為止。

就算實際上是表兄妹，但一直以來和人與直葉之間都是以兄妹相稱。如果把自己這種心情表露出來，那麼和人及爸媽一定會感到相當困擾與煩惱吧。最重要的是，和人的心已經完全被那個美麗女孩給佔據了……

所以我得把這份感情全部忘記才行。

變成莉法的模樣，把頭靠在不可思議少年桐人的胸前，直葉覺得，有一天自己應該能夠忘懷這份情感才對。

雖然維持了這種姿勢很長一段時間，但桐人卻是一直默默摸著莉法的頭。

終於，莉法隨著窗外遙遠的鐘聲響起而撐起身體看著桐人的臉。這次她臉上已經有了與往常一樣的笑容。淚水在不知不覺間已經停了下來。

「……已經不要緊了。謝謝你，桐人。你人真好。」

聽見莉法這麼說後，桐人很不好意思的搔著頭回答：

「但我常被人說不貼心耶。妳今天要不要先下線？我一個人應該也沒問題才對……」

「不用，都來到這裡了，我就陪你到最後吧。」

莉法迅速從床上跳了起來。她轉了一圈半後面向桐人，接著伸出右手。

「來──我們走吧！」

桐人嘴角也浮現平常的笑容，點了點頭後便握起莉法的手。當他站起身時，像是想起什麼事情般忽然往天空看去。

「結衣，妳在嗎？」

話還沒說完，兩個人之間的空間有一道光芒凝結，接著那個熟悉的小精靈便出現了。她邊用右手揉著眼睛邊打了個大呵欠。

「呼哇～～～……早啊……爸爸，莉法小姐。」

小妖精說完後降落在桐人肩上。莉法看著她的臉對她打招呼時順便問道：

「早啊，結衣。那個──我昨天就有點想問了……你們導航妖精晚上也需要睡眠嗎？」

「怎麼可能。不過爸爸不在的時候我便會把輸入路徑中斷然後進行既存檔案的整理與檢驗，這可能就跟人類的睡眠行為相當類似吧。」

「但妳剛才還打呵欠……」

「人類在展開起動程式時不是都會那麼做嗎？爸爸的話平均需要約莫八秒……」

「不要說些奇怪的話！」

桐人用食指戳了一下結衣的頭，然後打開視窗叫出背後的大劍。

「我們出發吧！」

「嗯！」

莉法點了點頭，然後也將愛刀掛在腰間。

兩人一起走出旅館時，剛好是早晨太陽完全升起的時刻。並排在一起的ＮＰＣ商店大部分都已經開店，反而是夜間營業的酒吧與詭異的道具店都緊閉門戶並掛起「Closed」的牌子。

現實時間是平日的下午三點過後，但每週一次的定期維護結束時怪物和寶物的出現機率也會重新設定，所以往來的玩家出乎意料的還不少。

今天凌晨時由於太過想睡而沒有仔細觀察周圍環境，但現在這樣看著走在大馬路上的人群可以說是充滿了新鮮與驚奇感。

這裡面有矮小粗壯的身體上穿著金屬鎧甲，肩上還扛著巨大戰斧的大地精靈、嬌小的身體只到大地精靈腰部左右，身上帶著銀色豎琴的音樂精靈、擁有不可思議的淺紫色皮膚，帶著黑色琺瑯質皮革裝備的闇精靈等各種種族的玩家們邊走邊高聲談笑著。另外在隨處可見的石頭板凳上，紅髮的火精靈少女與藍髮的水精靈青年含情脈脈地凝視著對方，旁邊還有帶著一頭大狼的貓妖經過。

這裡的景色跟街道與居民全部統一成綠色基調的司伊魯班完全不同，這個地方可以說充滿了讓人心情雀躍不已的活力。莉法也迅速忘了心底深處的疼痛而露出了笑容。

她心裡不禁有了「在這裡的話，風精靈與守衛精靈看起來也會跟一般情侶一樣吧」的想法，但她還是急忙將這種想法拋到腦後。然後將視線往道路前方看去——

「嗚哇……」

有些讓人難以置信的景色出現在她眼前。

阿爾普海姆的央都阿魯恩是由圓錐形的超巨大高樓構造所組成。現在莉法所站的地方是離中心相當遠的外環部，但還是沒辦法將重重連結起來的阿魯恩街景盡收眼底。

阿魯恩高聳入雲的街道表面上蜿蜒著好幾根灰綠色的彎曲粗大圓筒。它們與由淺灰色岩石所構成的建材質感完全不同。而每根圓筒的直徑都大概有一棟兩層樓建築那麼寬。

宛若要包圍阿魯恩中央街道到處蜿蜒的圓筒狀物體，其實就是樹木的根部。由深層地底幽茲海姆貫穿厚重地殼往上生長的樹根，以扭曲的形狀逐漸往上聚合並且愈來愈粗壯，最後在阿魯恩街道的頂點集合為一。也就是說，阿魯恩街道與從幽茲海姆頂端伸出來的巨大冰柱是互相對稱的構造。

當莉法將視線往更上方移去的同時，背上也感到一股足以令人發抖的興奮感。

由底層開始便有一棵筆墨難以形容其巨大程度的樹幹筆直朝天空生長。被青苔以及其他植物所覆蓋的金綠色樹幹愈往高處就愈像是和天空融合在一起，顏色也慢慢轉變為淺藍色。最後樹幹四周全被一片白色物體所包圍。當然白色物體不是霧氣而是白雲。雲層是為了標示出飛行限制區域而存在，而樹幹則是貫穿了雲層繼續往上方伸展。

在樹幹快要完全與藍色天空混在一起而看不清楚的地方，隱約可以見到樹幹上有粗大樹枝呈放射狀往外擴展開來。樹枝雖然不多但涵蓋的範圍卻相當寬廣，甚至連莉法他們所在的外環部上空也被樹枝給蓋住了。由這種超乎想像的尺寸來看，如果這裡有宇宙存在的話——樹木頂端應該已經突破阿爾普海姆的大氣層一直延伸到外太空去了吧。

「那就是……世界樹……」

身邊的桐人以敬畏的聲音如此囁嚅道。

「嗯……很壯觀吧……」

「對了──妳說過那樹上面有城市，然後……」

「據說精靈王奧伯龍與光之精靈就住在裡面，而最先謁見精靈王的種族就能轉生為光之精靈……」

「…………」

桐人無言地抬頭看著巨樹，但不久後便以認真的表情回過頭來說道：

「可以從外側爬上那棵樹嗎？」

「樹幹周圍都是禁止入侵的區域，所以不可能爬樹。就算用飛的過去，在還沒到達上層時翅膀就已經超過限制的飛行秒數了。」

「我聽說有群人靠疊羅漢的方式突破了高度限制……」

「啊啊，你說那件事啊。」

莉法持續嘻嘻笑著。

「當時他們還差一點點就要到達樹枝了。結果GM似乎也慌了手腳，他們馬上就修正了程式。現在雲層上面一點的地方已經被設下障壁了。」

「……原來如此……總之我們先到根部去吧。」

「嗯，了解了。」

兩人互相輕輕點了點頭，然後便往大馬路上走去。

在人來人往的混合隊伍裡面穿梭了幾分鐘之後，可以看見前方有一道巨大石頭階梯以及上方敞開的大門。穿過那道大門之後終於就要到達世界的中心，阿魯恩中央城市了。他們抬頭仰望天空，發現這時世界樹看起來已經像是一面巨大的牆壁了。

他們一邊感受莊嚴的氣氛一邊爬上樓梯，正準備穿越大門時——

結衣突然從桐人胸前口袋裡探出臉來。她用非常認真的表情抬頭凝視著上空。

「喂喂……妳怎麼了？」

桐人像是害怕別人發現般用細微的聲音問道。莉法也歪著頭看向小妖精的臉。但是結衣只是無言的睜大眼睛看著世界樹上方。經過幾秒鐘之後，從她小小嘴唇裡終於發出了沙啞的聲音。

「媽媽……媽媽在上面。」

「什……」

這次換成桐人繃緊了臉。

「真的嗎？」

「不會錯的！這個玩家ＩＤ是屬於媽媽的……座標就在這裡的正上方！」

桐人聽見之後，立刻用火熱的視線抬頭看著天空。他的臉色變得蒼白，緊咬的牙關用力到幾乎快發出聲音──

忽然間他背上的翅膀張了開來。灰色透明的翅膀瞬間發出白熱般光芒，當「磅！」的爆破聲在空氣中響起時，他人已經從地上消失不見了。

「等……等等啊，桐人！」

莉法急忙大叫，但黑衣少年只是以驚人速度不斷往上飛去。雖然不知道究竟是怎麼回事，莉法也只得張開翅膀跟著追了上去。

雖說垂直上升與緊急下降都是莉法的得意技巧，但這時卻根本追不上像火箭般加速的桐人。黑色身影一下子就變成小小的黑點。

穿越構成阿魯恩這座城市的無數尖塔群，來到街道上空只花了不到幾秒鐘的時間。在塔上露臺休息的玩家們雖然覺得奇怪而將視線移了過來，但桐人擦過他們眼前之後還是繼續上升。

不久之後視線裡便看不到任何建築物，取而代之的是宛如金綠色絕壁般的世界樹樹幹。桐人順著樹幹平行飛行，整個人像顆黑色子彈般衝向天際。他愈來愈接近樹幹周圍的一大片白雲。莉法這時則是在後面拚命追趕，一邊忍受打在臉上的風壓一邊大叫：

「小心啊，桐人！馬上就要碰到障壁了！」

但是桐人似乎聽不見她的聲音。化身為飛箭準備要貫穿天際的他，像是要把假想世界鑽破一個洞般往前突進。

是什麼原因讓他這麼著急呢？在世界樹上的某個人對他來說真有這麼重要嗎？

結衣叫那個人「媽媽」。那麼應該是女性囉──？能讓桐人如此急著尋找的那個人究竟是什麼身分──？

一想到這裡，莉法的胸口深處便又感到一陣刺痛。那跟由和人身上感覺到的痛楚完全相同。

注意力一個不集中，往前衝的速度馬上便慢了下來。莉法搖了搖頭拋開雜念，將全部精神集中在背後的翅膀上。

晚桐人幾秒鐘之後莉法也衝進了層層雲海當中，放眼所及盡是一片濃密的白色。如果以前聽見的傳聞屬實，這片雲海上方已經被設定為不可入侵的區域。她開始減緩速度，接著穿透雲層。

忽然一片深藍色的世界在她眼前展開。與在地面上見到的不同，這裡是一整片沒有任何瑕疵的蔚藍天空。頭頂上則是如同撐天支柱般往四方擴展枝葉的世界樹樹幹。桐人加快速度對準了當中的一根樹枝衝了過去。

幾秒鐘之後，彷彿落雷般的撞擊聲讓大氣為之晃動。撞上透明牆壁的桐人就像隻被槍擊中的黑鳥般反彈，接著無力地飄在空中。

「桐人！」

莉法發出悲鳴並急忙往桐人身邊飛去。由這種高度直接墜落到地面，除了ＨＰ會馬上歸零之外，登出後在現實世界裡也會殘留不良影響。

但是在莉法追上去之前，桐人似乎就已經恢復意識。他搖了兩、三次頭之後再度開始上昇。但隨即就又被障壁擋住，只能在空中撞擊出光線效果。

好不容易來到相同高度的莉法，抓住桐人的手臂拚命地大叫：

「桐人，快別這樣！沒用的，沒辦法再上去了！」

但是桐人雙眼發出有如被附身般的光芒，依然不斷嘗試往上突進。

「我得過去……我得到那邊去才行啊！」

世界樹的粗大樹枝在他眼前橫跨過天空。雖然這時候的樹枝已經比在地上時清楚多了，但按照細部繪圖的缺少程度來看應該還是有一段距離。

這時候結衣從桐人胸口飛了出去。她邊灑著閃亮的光粒邊朝著樹枝上升。

對了，如果是屬於系統的導航精靈……雖然莉法一瞬間有這種想法，但是透明障壁同樣冷酷地拒絕了結衣嬌小的身體。壁面上一道七彩光芒如同水面上的波紋般擴散並將結衣推了回來。

但結衣卻用讓人難以相信她是程式的嚴肅表情，拚命用兩手推著障壁開口說道：

「警告模式的聲音或許能傳到那裡去……！媽媽！是我啊！媽媽！」

＊＊＊

「……！」

亞絲娜忽然感覺到耳邊有細微的呼叫聲，於是她將原本趴在桌子上的臉抬了起來。

她急忙看著四周圍，但金色鳥籠裡當然沒有其他人的身影。連時常會到這裡來的小鳥現在也不在裡面。目前只能見到陽光與落在地板上的柵欄影子而已。

當她覺得可能是自己聽錯了而將兩手放回桌上時……

「……媽媽……！」

這次她很清楚地聽見了聲音。亞絲娜迅速由椅子上站起身來。

那是一道小女孩的聲音。這道宛若銀弦所發出的聲音與亞絲娜遙遠的記憶產生了強烈的共鳴。

「是……是結衣嗎……？」

亞絲娜發出細微的聲音之後衝到柵欄旁邊。她用兩手抓住金屬棒，拚命地看著四周。

「媽媽……我在這裡啊……！」

由於那道聲音像是直接在亞絲娜腦海裡響起，所以她無法馬上分辨出來源。但她隨後還是感覺到聲音是來自於下方。不過就算她再怎麼定眼凝神，也無法看透包圍巨樹的白色雲海。但聲音確實是由下方傳了上來。

「我……我在這裡啊……！」

亞絲娜大聲嘶吼著。

「我在這裡啊……！結衣……！」

如果──結衣這名在ＳＡＯ裡遇見的「女兒」出現在這裡的話，那麼「他」一定也在這裡了──

「……桐人──！」

不知道從這邊發出的聲音能不能讓他們聽見。亞絲娜立刻看了一下鳥籠內部。除了聲音之外還有什麼讓他們得知自己存在的手段──

這個鳥籠裡所有物體都被定位系統給鎖住，亞絲娜早已確認過沒有辦法將任何東西丟到籠子外面。她在很早之前曾嘗試過將茶杯以及坐墊丟下去以吸引下界玩家的注意，但最後還是以失敗告終。滿心焦躁的亞絲娜只能握緊金色欄杆。

不對——

還有唯一的希望。那件物品以前不屬於這裡。算是規格外物體。

亞絲娜跑到床邊，然後從枕頭底下將它抓了出來。那是一張小小的銀色卡片鑰匙。她再度回到欄杆前面。接著戰戰兢兢地將握住卡片的右手伸出柵欄。如果是以前的話，這時候手便會被透明牆壁擋住了。

「……！」

右手沒受到任何阻礙便伸出柵欄。銀白色的卡片在太陽光的照耀下發出閃亮的光芒。

——桐人……拜託你一定要注意到……！

亞絲娜一邊祈禱一邊毫不猶豫地放開手。卡片無聲地在天空中飛舞，最後一邊發出閃亮光輝，一邊一直線朝著雲海落下。

＊＊＊

幾乎要將我全身撕裂的激烈焦躁感折磨著我，驅使我揮出右拳大力敲打著透明障壁。拳頭就像被強力磁鐵的相斥磁力給彈了回來，然後在透明牆壁上形成一道七彩波紋。

「這到底算什麼嘛……！」

我從緊咬的牙根裡擠出這麼一句話。

好不容易歷盡千辛萬苦才來到這裡。關閉亞絲娜靈魂的牢獄就近在眼前。但我卻被「遊戲系統」這種無機質的程式碼給擋在外面。

強烈的破壞慾望充滿我全身，在我心中激起一陣白熱的火花。

登入這個ALfheim Online兩天，遵循遊戲規則而一路來到這裡，這段期間持續累積在我內心深處的焦躁感一起爆發了出來。我露出虎牙，右手用力握住劍柄準備將劍拔出。

就在這個時候——

充滿憤怒之火的視線前方忽然有一道白光閃爍。

「……那是……？」

我瞬間忘了激憤，凝視著光芒。某件發光物體正緩緩往我們這裡掉落。光芒有如飄揚在盛夏青空中的雪片，或是長途跋涉的蒲公英棉毛一般，朝著我的方向落下。

我就這樣停在空中將手放開劍柄，朝著光芒伸出雙手。在感覺相當漫長的幾秒鐘後，白色光芒緩緩降落在我手裡。我立刻有了某種溫暖的感覺，接著把手收到胸前打開。

這時結衣與莉法則由左右兩邊探頭過來看著我的手。而我則是默默凝視著手裡的物體。

「……卡片……？」

莉法呢喃了一聲。那確實是小小的長方形卡狀物體。清澈的銀色表面上沒有任何文字與裝飾。我稍微瞄了一下莉法的臉。

「莉法，妳知道這是什麼嗎……？」

「嗯……我沒見過這種道具耶。你何不點一下試試看？」

我聽從她的話用指尖在卡片表面上點了一下。但如果是遊戲道具的話絕對會彈出來的視窗並沒有出現。

這時候結衣探出身子，一邊摸著卡片邊緣一邊說道：

「這是……這是系統管理用的登入碼！」

「…………？」

我停止呼吸，凝視著手中的卡片。

「……那只要有這個的話就能行使ＧＭ權限了嗎？」

「不……要從遊戲裡進入系統的話，必須要有相對應的控制臺。我也沒辦法直接叫出系統選單……」

「這樣啊……但是這種東西不會沒來由的掉下來吧。這應該是……」

「是的。是媽媽注意到我們而故意丟下來的。」

「…………」

我靜靜握緊卡片。剛才亞絲娜還碰過這張卡片。我感覺到似乎可以從這上面讀取到一點她的意識。

亞絲娜也在奮戰當中。她也拚命想辦法要逃離這個世界。我應該還有能做的事情才對。

我看著莉法然後開口說道：

「莉法，請告訴我。通往世界樹裡面的大門是在哪裡？」

「咦……那道門的話在根部的巨蛋裡面……」

莉法很擔心似地皺起眉頭。

「但、但你一個人是辦不到的。那裡有守護騎士防衛著，至今為止無論什麼樣的大軍團都沒辦法突破。」

「就算是這樣我也非去不可。」

將卡片收進胸前口袋之後，我靜靜握著莉法的手。

回想起來，這名風精靈少女真的幫了我很大的忙。在這個完全不熟悉的世界裡，如此焦急的自己之所以能順利來到這個地方，絕大部分都是依靠她的知識與開朗笑容的鼓勵。總有一天我一定要在現實世界裡向她說明一切，然後好好向她道謝才行……我心裡一邊這麼想一邊開口說：

「這幾天真的很謝謝妳，莉法。接下來就讓我一個人去吧。」

「……桐人……」

這時莉法已經快要哭出來，甚至連話也說不清楚了。我握緊她的手然後又放開。接著便讓結衣坐在肩膀上並後退拉開與她的距離。

我最後又看了一眼這名飄浮在空中的長馬尾少女，在深深對她鞠了個躬後便轉身離開。

我疊起翅膀，利用重力來加快自己的速度，接著一直線朝著世界樹最下端前進。

經過數十秒讓眼睛幾乎睜不開的急速下降後，錯綜複雜的阿魯恩街道終於出現在世界樹底部。我在上方巨樹的樹根之間發現了一座大露臺，接著變換姿勢並開始減速。

我利用完全敞開的翅膀一邊減速一邊確定降落地點。在伸出去的雙腳碰到石板時已經用盡全力來煞車了，但還是發出響徹四周的巨大撞擊聲。在露台上眺望風景的幾組玩家全都用驚訝的表情看著我。

我等他們將視線移開之後才對肩膀上的結衣小聲說道：

「結衣，妳知道怎麼到巨蛋去嗎？」

「嗯，爬上前面的樓梯之後馬上就到了。但是——爸爸，這樣真的不要緊嗎？由至今為止的情報來判斷，要突破大門應該是相當困難。」

「也只有盡量試試看了。而且就算失敗也不會真的死亡。」

「是這麼說沒錯……」

我伸出手來輕輕摸了一下結衣的頭。

「何況再繼續浪費時間下去我就要發狂了。結衣妳也想早點見到媽媽吧。」

「嗯……」

我在結衣點著頭的臉頰上戳了一下，接著便朝著眼前的巨大階梯走去。爬上幅度相當寬廣的階梯後，我發現這裡已經是阿魯恩的最高處。蜿蜒在阿魯恩這座巨大圓錐狀城市表面的世界樹樹根在我眼前集中起來形成一根樹幹。雖說是集合成一根，但由於直徑實在太過於粗大，所以從這裡看起來就只是一面彎曲的牆壁而已。

這座牆壁上的一個地方，擺放了兩尊大概有玩家身高十倍左右的精靈騎士雕像。而雕像之間則聳立了一座上面有華麗裝飾的石造大門。這個最終任務的起始點見不到任何其他玩家的身影。應該是「不可能突破」的觀念已經在所有玩家之間形成共識的關係吧。

但是我無論如何都要穿越這扇門，然後突破那些叫做守護騎士的傢伙，最後到達通往世界樹的大門。

——等等我，亞絲娜。我馬上就過去了……

我在胸口深處如此嚅囁著並將這句話深深刻在心裡。

又走了數十公尺，當我站在大門前面時，右側的石像發出重低音並開始動了起來。我有些意外地抬頭一看，結果發現石像莊嚴頭盔下的雙眼發出藍白色光芒低頭看著我，最後還張開嘴巴。隨即有一道如同大岩石滾落般的聲音響起。

「不知天高地厚的精靈啊，汝是否欲前往王城？」

同一時間，我眼前出現詢問是否要挑戰最終任務的ＹＥＳ、ＮＯ按鈕。我毫不猶豫地用手按下ＹＥＳ按鈕。

結果這次換成左邊的石像發出巨大聲音。

「如此一來，汝應展示背後雙翼足以在天際翱翔。」

當騎士像遠雷般的回聲仍未消失時，大門中央便裂了開來。接著門更一邊發出地鳴一邊緩緩往左右兩邊分開。

這巨大的聲音讓我不由得想起艾恩葛朗特裡的樓層魔王攻略戰。當時那種讓人為之屏息的緊張感再度出現，我的背後也產生一陣冷顫。

我對自己說完「就算在這裡被打倒也不會真的死亡」後，就把這種想法拋到腦後。賭上解放亞絲娜的這場戰鬥，在某種意義上可以說比過去任何艱辛的戰鬥都還要來得沉重。

「要衝囉，結衣。妳可要躲好。」

「爸爸……加油哦！」

我摸了一下結衣躲進口袋裡的頭之後便拔出背後的大劍。

厚重的石頭大門隨著完全敞開而靜了下來。門裡面則是一片黑暗。我往裡頭踏出一步，正當開始考慮是不是要使用夜視咒文而準備舉起右手時，突然有一道炫目的光芒由頭頂上降下。我不由得瞇起了雙眼。

門裡面是個相當寬廣的圓形巨蛋狀空間。雖然讓我想起與希茲克利夫對戰時那個艾恩葛朗特第七十五層的魔王房間，但這裡的直徑應該超過那房間好幾倍。

巨蛋內部就像在樹裡面一樣，地板是由許多如同粗壯藤蔓的物體緊密交纏而成。藤蔓在外圍部份垂直上升，除了形成牆壁之外也緩緩延續到屋頂上面。

糾結的藤蔓到了呈半球形巨蛋模樣的屋頂上時便較為稀疏，形成了類似彩色玻璃的圖樣。而白光就是由屋頂後面照射下來。

最後——在屋頂的頂端部分可以見到一扇圓形的門。這扇帶著精緻裝飾的圓形大門，被分割為十字狀的四片石板給封閉了。通往樹上方的道路應該就在這扇門的後面才對。

我雙手握著大劍，深吸了一口氣。接著將力量灌注在兩腳上並張開翅膀。

「——衝吧！」

發出激勵自己的叫聲之後，我用力往地上一踢。

往上飛不到一秒鐘的時間，屋頂的發光部分就開始有異狀產生。一扇發出白色光芒的窗戶忽然像沸騰般產生泡沫，看來似乎馬上有東西要從裡面出現。下一瞬間光芒便幻化成人的形狀，接著像水滴滴落般掉進巨蛋裡面。一進到巨蛋裡，它馬上就伸出手腳、展開背後的四片翅膀並發出咆哮。

那是一名全身穿戴白銀鎧甲的巨大騎士。臉部由於被類似鏡子的面具遮住而看不見。右手上拿著比我手上武器還要長的大劍。這無疑就是莉法所說的守護騎士了。

守護騎士將鏡子臉對準了急速上升的我，接著再度發出不像人類的怒吼並由正面開始俯衝。

「給我讓開～～～！」

我一邊大叫一邊揮下手裡的大劍。隨著兩者之間的距離歸零，腦中忽然有一股像冰冷火花爆開的感覺向我襲來，在那個世界超越極限的戰鬥當中曾有過好幾次的加速感又回到我身上。手裡的劍對著守護騎士面具上映照出來的自己用力揮下。

我和那傢伙的劍在空中互擊，接著像閃電般的效果光線撕裂整個空間。騎士再度準備將整個被彈開的劍由頭上揮落，但我卻隨著劍的去勢鑽進他懷裡。身高大約有我兩倍的巨人，領子被我用左手抓住，然後我整個人貼在他身上。

在面對CPU驅動的怪物時，基本上要確認敵人武器所能及的攻擊範圍，然後盡量處身於攻擊範圍之外。但在面對這種巨大敵人時，在最近距離之下也常會有死角出現。當然一直停留在這裡相當危險，但只是爭取一點時間讓失去平衡的身體恢復過來的話則沒有關係。

我將右手握住的劍往回一扯，接著將劍尖貼在守護騎士的脖子上。

「嘿呀！」

用力一拍翅膀，將全身體重量放在劍上然後向下一壓。劍馬上隨著「喀！」這種硬物碎裂的聲音深深刺入騎士脖子裡。

「咕啊啊啊啊啊啊！」

守護騎士發出與神聖外表不符的野獸叫聲後便全身僵住了。接下來他巨大的身軀便被純白色的殘存之火所包圍然後四處飛散。

——行得通！

我內心欣喜地叫道。這種守護騎士在能力上遠遠不及SAO各樓層的魔王。一對一的話應該是我佔優勢。

甩開身體周圍的白色火焰後，我抬頭看向上方的圓形大門。接下來——當我看見那種景象時，臉上表情不由得緊繃了起來。

我距離巨大屋頂還有很遙遠的一段距離，但那些形成屋頂的彩色玻璃以及所有窗戶上都開始出現白色騎士。數量大概有數十——不對，應該有數百名吧。

「————嗚哦哦哦！」

為了要鞭策一瞬間感到膽怯的自己，我開始吼叫了起來。不論來多少人馬，只要把他們全部幹掉就可以了。我震動翅膀，開始全力衝刺。

剛從屋頂上掉下來的幾名騎士為了阻止我前進而來到我眼前。我瞄準最前面一名的身體再度揮出長劍。

這次為了避免兩劍碰撞造成的身體僵硬，我將注意力集中在敵人斜砍下來的劍尖上，接著迴轉身體來躲過攻擊。雖然因為沒辦法完全看穿攻擊，稍微被劍尖劃過肩膀而受到傷害，但我還是無視這點小傷繼續把所有注意力都集中在自己的攻擊上。

我的大劍直線砍進守護騎士的面具裡面，接著將他一刀兩斷。白色火焰馬上噴起，從消失的巨大身軀後面又出現下一名騎士。

發現敵人的劍已經進入攻擊軌道後，我判斷出已經完全沒有躲避的空間。只能咬緊自己的牙根，用左拳拳背來擋開攻擊。

隨著刺骨的衝擊，視線左端的ＨＰ條減少了一成左右。但是敵人劍的軌道也因此偏離我的身體，騎士的身軀更因此失去了平衡。我馬上用右手上的劍對著他脖子砍了下去。

這次由於攻擊速度遭到削落，所以沒辦法一擊便將他擊殺。此時右方又有新的守護騎士逼近。我在將身體轉向的同時，也利用去勢將左腳靴子在受傷騎士的面具上用力一踹。

幸好我從過去的劍士桐人能力檔案裡，繼承了在這個世界被人認為沒有用處的體術技能，光靠這一記踢腿似乎就成功削減了敵人的ＨＰ值。往後仰的巨體被火焰包圍，接著響起悲鳴的

音效並爆散開來。

在千鈞一髮之際我又用劍擋開第三名騎士的巨劍。

「嘿啊啊啊啊！」

我隨著吼叫聲將握緊的左拳朝鏡子面具轟下。「嗶嘰！」一聲過後，鏡子表面呈放射狀碎裂，騎士同時發出痛苦的吼叫聲。

「下去！給我下去啊！」

我奮力大喊著。今天凌晨在幽茲海姆裡與水精靈戰士作戰時未曾感受到的一股燃燒般的破壞衝動，如今正在驅使著我向前。現在我將右手上的劍放在騎士脖子上，開始用左拳不斷捶著對方的面具。

是的——我以前曾生活在這樣的世界裡。曾經一個人在迷宮最深處裡徬徨、曾因為不斷面臨死亡而消磨靈魂，但依然像要用怪物的屍骸來建造自己的墓碑般，不停揮舞著手裡的劍。

最後拳頭終於貫穿敵人面具，裡面立刻有黏液狀發光體四處飛散。我隨著內心追求殺戮的慾望，左手直接往光芒深處插了進去。當手臂貫穿敵人頭部的同時騎士全身也開始溶解，我的身體也被白色火焰所包圍。

那時候的我，內心就像石頭般乾枯堅硬。心裡覺得什麼完全攻略遊戲、解放所有玩家都無關緊要了。我只是不斷地拒絕他人，一味追求著下一個戰場。

這時又有四、五名守護騎士高舉手中光芒四射的大劍，發出像怪鳥般的叫聲降了下來。我嘴角露出猙獰的笑容，背上翅膀劃破天空直接就往那群騎士衝了過去。劇烈的加速感讓我全身神經產生震動，連結腦部與假想肉體的電子脈衝波變成藍白色火花橫跨我的視線。

「嗚哦哦哦啊啊啊啊啊啊！」

我隨著吼叫聲將兩手握住的劍橫向一掃。敵人的劍馬上被彈開。我接著像風車般轉動身體，將速度提升至極限然後把劍砍向所有騎士的脖子。

「喀！喀！」的鈍重聲音連續響起，兩顆被鏡面包圍的頭顱高高飛向天際。如白色玫瑰般盛開的死亡火焰讓我的神經發熱，整個人也因此更加亢奮。

將自己置身於死地當中，我才能感受到自己的生命。投身於生死一線的戰鬥，將生命燃燒到最後才倒地死亡，我曾經認為這樣才對得起那些在眼前死去的玩家。

我完全不停止旋轉的速度而直接改變身體方向，伸出去的右腳腳尖如同錐子般刺入新出現的守護騎士胸前。尖銳又帶有鈍重感的刺耳聲響起，我的身體整個穿透騎士巨大的身軀。在殘存之火當中停下動作後，馬上左右兩邊就各有兩把劍朝我逼近。以手上的劍擋下右邊來劍，另外以左腕接下左邊來劍，完全不去注意ＨＰ條的我直接把他們給推了回去。

下一刻我馬上抓住右邊騎士的手腕……

「咕嗚嗚嗚哦哦哦哦！」

我一邊咆哮一邊將敵人高高舉起，最後把他往左邊騎士身上砸去。當兩名騎士重疊在一起時再用劍將他們貫穿，給予他們最後一擊。

我感覺不論要花多少時間、面對多少敵人，我都可以一直持續戰鬥下去。就像那個時候一樣，讓殺戮的怒火燃燒自己，狠下心腸來殘殺敵人──

不──不是這樣的……

──克萊因、艾基爾、西莉卡、莉茲貝特以及亞絲娜這群人拚命為我早已乾枯的心靈灌注了水分。

我……我是為了救出亞絲娜，然後讓那個世界真正終結才到這裡來的──

我抬起臉，將視線朝屋頂看去。想不到石門這時已經在離我不遠的地方。

當我準備朝著石門上升時，某樣發出聲音的物體貫穿了我的右腳。

那是隻散發著冰冷光芒的箭。箭雨像是早已看準我停下動作的瞬間般不斷朝我降下。身上連續中了兩、三根箭，ＨＰ條也開始迅速減少。

環視了一下周圍之後，發現不知不覺間在遠距離下包圍我的守護騎士們都將左手對準我，接著用扭曲的刺耳聲音詠唱著咒文。第二波光箭立刻隨著尖銳的聲音朝我殺到。

「嗚哦哦哦哦哦！」

雖然我已經揮舞大劍將不少箭彈開，但還是有好幾隻箭命中了我的身體。這時ＨＰ條直接進入黃色警戒地帶。我抬起頭，凝視著上方的大門。

要獨力擊敗進行遠距離攻擊的敵人可以說是相當困難。於是我決定採取強行突破的策略朝大門衝去。降下來的光箭雖然貫穿我全身上下，但終點就在眼前了。我咬緊牙關承受著衝擊，伸出左手準備觸碰石門——

但是——

再過幾秒便要碰到石門時，忽然有一道猛烈衝擊撞上我的背部。一名不知道什麼時候接近的守護騎士，在鏡面面具上露出扭曲笑容的氣息並將劍插在我背上。我的身體失去平衡，加速也停了下來。

這時十數名守護騎士像是發現獵物的白色食屍鳥般由四面八方向我湧來。我的身體隨著「咚咚」的鈍重聲音不斷被劍刺穿，甚至連確認ＨＰ條的時間都沒有。

視線裡捲起一道帶有綠色燐光的黑色火焰。我花了一點時間才領悟到那是我自己的殘存之火。這時在火焰前面浮現了一道小小的紫色文字。「You are dead」。

下一瞬間，我的身體就這樣四處飛散。

緊接著就像電源被關閉一樣，身體慢慢失去了知覺。

在艾恩葛朗特七十五層裡與聖騎士希茲克利夫同歸於盡而倒下時的記憶鮮明地閃過腦海，我瞬間感到一陣強烈的恐懼。

但我的意識當然沒有就此消失。在思考能力有一半停止的狀態下，我有了自從ＳＡＯ封測以來首次的「遊戲內死亡」體驗。

那是一種不可思議的感覺。視線裡的物體失去色彩，一切都被一片紫色所包圍。視線中央以與系統顏色相同的細小文字寫著「復活剩餘時間」，然後右邊還有不斷減少的數字。視線遠方可以見到殺掉我的白銀守護騎士們，一邊發出滿足的聲音一邊回到屋頂上的彩色玻璃裡去。

我的四肢完全沒有感覺。現在的我和在這個世界裡被砍倒的所有玩家一樣，只是一道小小的殘存之火，就算想動也動不了。我的心中充滿了恐懼、悲傷與卑微的感覺。

是的——我就是這麼悲慘。感覺這就是自己在心底某處一直認為這只是個遊戲的報應。我所謂的實力其實只不過是名為能力值的數字而已。但我卻還天真地認為無論哪個遊戲，我都能夠超越極限並辦到任何事情。

我想與亞絲娜見面，想被她那能包容一切、治癒心靈的溫暖臂膀環繞，想在她懷抱裡解放所有思考與感情。但她卻已經在遙不可及的地方了。

顯示在視線裡的秒數逐漸減少。我沒辦法立刻想出當它歸零時，我將會變成什麼模樣。

但無論如何，在這之後我所能做的也只有一件事。那就是再度回到這個地方挑戰守護騎士。不論被打倒幾次、就算絕對無法獲勝——我還是願意削減、耗損自己的存在，一直努力到自己在這個世界裡完全灰飛湮滅為止——……

就在這個時候。我朝正下方看去的視線裡，忽然橫向衝出一道人影。有人從打開的入口侵入到巨蛋裡面，然後以猛烈的速度急速上升。

雖然很想放聲大叫「別過來」，但我卻發不出任何聲音。瞄了一下上空後，發現排在屋頂的白色窗戶上又不斷產生許多守護騎士。

白色巨人們一邊發出刺激神經的叫聲，一邊通過我身邊朝侵入者殺了過去。我已經親身體驗過他們不是單槍匹馬就能抵擋的對手。心裡雖然拚命祈求入侵者現在趕快逃走，但人影還是一直線朝我飛了過來。

最前列的幾名守護騎士依序將右手上的大劍揮落。雖然侵入者以敏捷的行動力躲開這些攻擊，但以時間差襲擊過來的劍還是劃過了入侵者身體。光是這樣，便足以將入侵者那嬌小的身軀彈開。

但對方卻反而利用這個彈力來增加速度，只見那道人影繞過前排騎士們持續上升。隨著入侵者愈來愈接近我，屋頂上為了阻止這人而產生的騎士數量也愈來愈增加，並發出奇怪的合唱迴旋飛翔。

人影的右手上雖然握著長刀，但都只有拿來防禦。在將敵人全部吸引到一個地方後，入侵者反而利用他們當成障壁，然後以優越的機動力確實縮小與我之間的距離。看得出來入侵者已經用盡吃奶的力氣來飛行了。

終於來到我眼前時，那玩家流著眼淚大聲喊道：

「——桐人！」

來的人正是莉法。風精靈族少女伸出雙手，用力將我抱住。

由於已經相當接近石頭大門，所以騎士們絕對不允許入侵者繼續上升，他們在上空集結起一道厚厚的人牆。但是莉法在抱住我之後便馬上迴轉，接著朝出口直線衝了過去。

背後立刻傳來如同詛咒般的咒文詠唱聲。下一瞬間白色光箭破空飛來。雖然莉法左搖右晃的讓敵人無法準確瞄準，但降下來的飛箭就如同驟雨一般。當她被無法躲過的一箭射中時，震動也同時傳到我身上。

「嗚……！」

莉法雖然因為這個攻擊而屏息，但往前衝的速度卻絲毫沒有降低。光箭隨著「咚咚」的聲音不斷貫穿莉法身體。她顯示在我視線上端的ＨＰ條馬上減少了一半。

當然對她的追擊不僅只有光箭而已。我看見以猛烈速度逼近的兩名騎士由左右兩方揮下十字長劍。

莉法往右方螺旋飛行躲過一邊的攻擊，但另一方的金屬物體則紮實地砍中她的背部。

「啊……」

莉法發出悲鳴似的聲音，接著像皮球般彈了出去，整個人撞上了近在眼前的地板。數度彈跳之後，像要把地面翻起來般滑行了一陣子才停下來。這時數名騎士為了要給她最後一擊而降了下來。

莉法以發抖的單手撐起身體並讓背上的翅膀拍動了一下。她就靠這樣的推進順勢往地面上一滾——接著我的眼前便被一片光亮所包圍。我們來到巨蛋外面了。

＊＊＊

由前所未有的絕望當中逃出生天後，莉法將因為恐懼而發冷的身體整個癱在石板上大口喘息著。當她往背後看去時，發現應該是任務的設定時間已經結束了吧，巨大的石門開始緩緩關閉，裡頭的白色巨人們也全都向上飛起。

手臂當中還有一道小小的黑色殘存之火正在晃動。莉法她雖然在心底深處呼喚了一句「桐人——」但目前根本沒時間讓她繼續沉浸在感傷當中了。莉法撐起身體，將背靠在旁邊巨石像的腳上，接著揮動右手叫出道具視窗。

由於莉法沒有完全習得水屬性以及神聖屬性的魔法，所以沒辦法使用高等復活魔法。因此她將「世界樹的樹汁」這個道具實體化，然後用手拿起出現的藍色小瓶子。

關上視窗拔開小瓶子的瓶蓋，將閃亮液體倒在桐人的殘存之火上。當場就有像復活魔法般的立體魔法陣產生，幾秒後黑衣少年的身影再度出現。

「……桐人……」

莉法坐在地上，用笑中帶淚的神情呼喚著少年的名字。桐人也露出了哀戚的笑容，然後單腳跪在石頭地板並將右手靜靜放在莉法手上。

「謝謝妳，莉法。但是……不要再做這種危險的事情了。我不要緊的……我不能再給妳添麻煩了。」

「什麼麻煩……我……」

當她準備說我一點都不覺得麻煩時，桐人已經先站了起來。他轉過身子——再度朝那扇連結著世界樹內部的大門走去。

「桐、桐人！」

驚訝的莉法將力量注入還在發抖的腳上，勉強讓自己站了起來。

「等、等等……一個人是辦不到的！」

「或許吧……但我還是得去……」

莉法看著背對自己這麼說道的桐人，感覺他就跟一尊背負著無法承受之重的玻璃雕像一樣。莉法拚命地想要找話來安慰他，但喉嚨卻像燒焦般發不出任何聲音。她最後只能死命伸出雙手來抱緊桐人的身體。

她感覺自己已經深深被這名少年所吸引。雖然心底有個聲音告訴她：這或許只是為了忘記和人而勉強自己喜歡上這個人罷了，但心底同時也覺就算是這樣也無所謂。她認為這是自己最真實的心情。

「不要……再這樣了……拜託請你恢復成往常的桐人吧……我……我，覺得自己已經喜……」

莉法的右手輕輕被桐人握了起來。接著耳朵裡便聽見他平靜但充滿張力的聲音。

「莉法……抱歉……我不過去的話，一切就不會結束，然後什麼事情都沒辦法重新開始。我一定得再見到她才行……」

「得再見到……亞絲娜……」

莉法一瞬間無法理解自己聽見的話。蒙上一整片空白的意識當中，桐人所說的話不斷發出回音並慢慢消逝。

「……你剛才……剛才……說什麼……？」

桐人微微歪著頭，然後開口回答：

「啊啊……亞絲娜，就是我要找的人的名字。」

「但是……那個人是……」

莉法用兩手摀住嘴巴，接著往後退了半步。

記憶殘像慢慢由整個凍結的腦海裡滲了出來。

幾天前在道場和她比賽的和人。

初次相遇時，在古森林裡擊退火精靈的桐人。

記憶中兩個人在戰鬥結束之後，都是迅速左右甩著右手上的劍然後收回背上。動作可以說完全一模一樣。

這時兩個人的剪影完全重疊在一起，然後放射出光芒並慢慢溶化。莉法瞪大了眼睛，從顫抖的嘴唇裡擠出一道微弱的聲音。

「……是哥哥……嗎？」

「咦…………？」

聽見莉法叫聲後桐人驚訝地揚起眉毛。他漆黑的瞳孔直盯著莉法眼睛看。瞳孔裡浮現的光芒就像水面上月亮那樣緩緩搖晃，接著——

「——小直……直葉……？」

黑衣的守衛精靈利用幾乎不成聲音的呢喃叫出了這個名字。

周圍的石頭地板、阿魯恩的街道與巨大的世界樹，感覺包圍這一切事物的世界正在開始崩壞，莉法／直葉搖晃著身子退了好幾步。

與眼前這名少年一起旅行的幾天裡面，莉法感覺到這個假想世界的色彩愈來愈鮮豔。光是與他一同飛行，便讓莉法的心頭感到十分雀躍。

當她身為直葉時喜歡著和人，所以變成莉法時深深被桐人所吸引這件事讓她多少有些罪惡感。但是一直以來，阿爾普海姆世界對莉法來說只是假想飛行模擬器的附屬品而已，是桐人教會她這裡也是另一個真實世界。因此莉法才能了解自己在這個世界的感情並不是數位檔案，而是貨真價值的感覺。

直葉勉強把愛慕和人的心凍結，感覺上只要能夠待在桐人身邊，總有一天她就能忘記深埋在心底的痛楚。結果——成為這個世界基盤的「現實」、給予精靈角色生命的其實還是真正的人類這種「真相」，卻以想像不到的形式暴露在莉法面前。

「……太過分了……這實在太過分了……」

莉法口中一邊夢囈般的低語，一邊左右搖著頭。她已經沒辦法繼續待在這個世界了。她將視線桐人身上移開，接著揮了一下左手。

觸碰一下彈出來的視窗左下角，甚至看也不看浮現出來的確認訊息便直接敲了下去。緊閉的眼瞼底下一道彩虹光輪擴散、變淡，接著則是黑暗來訪。

在自己床上醒過來後，最先見到的就是映照在阿爾普海姆天空裡的一片蔚藍。平常總是給人一陣憧憬與鄉愁的顏色，現在卻只能帶給直葉痛苦。

直葉緩緩地將AmuSphere從頭上拿下，放在眼前。

「嗚……嗚……」

喉嚨深處流出再也無法壓抑的嗚咽。兩手握住由兩道細細圓環重疊在一起的單薄機體，放任自己的衝動在手上灌注力量。圓環開始彎曲並發出些微悲鳴。

原本想直接破壞AmuSphere，讓回到那個世界的道路永遠封閉。但最後她還是辦不到。這對在圓環背後那名叫做莉法的少女來說，實在太過於殘忍了。

把機械放回床上後，直葉撐起了身體。雙腳踏上地板，閉上眼睛並將頭垂了下去。此時的她已經不願意去想任何事情。

但這時一道略帶顧忌的敲門聲打破了寂靜。接下去從門的另一邊傳來音頻與桐人不同，但口氣卻完全一樣的聲音。

「——小直，我能進去嗎？」

「住手！不要開門！」

直葉反射性地大叫。

「讓我一個人……靜一靜……」

「——妳怎麼了，小直。雖然說我也很驚訝……」

感覺疑惑的和人繼續說道：

「……如果是因為我又使用了NERvGear的話，那我道歉。不過我一定得用才行。」

「不是，我不是為了這件事而生氣。」

感情的洪流忽然貫穿直葉全身。她迅速從床上站起來，對著門說道：

「我……我……」

自己的心情擅自變成眼淚與話語溢了出來。

「我──背叛了自己的心。背叛了喜歡哥哥的感情。」

終於對他說出了「喜歡」這個字眼，但這個字眼卻像一把利刃般直接切裂直葉的胸口、喉嚨與嘴唇。她一邊感覺火燒般的痛楚，一邊用沙啞的聲音繼續說道：

「我本來已經決定放棄，忘了一切，準備要喜歡上桐人。不對，我已經喜歡上他了。但是──但是……」

「咦……」

和人霎時說不出話來。最後他只能低聲說：

「妳說喜歡……但我們是……」

「我已經知道了！」

「……咦……？」

「我早就知道了！」

雖然心裡明知道不應該繼續。但就是無法讓自己停下來。直葉將灌注澎湃感情的視線轉往和人，接著用發抖的嘴唇繼續說道：

「我和哥哥並不是真正的兄妹。這件事情我兩年前就知道了！」

不行。母親當初不是為了讓自己像這樣宣洩內心的感情，才拜託自己不要把已經知道這件事的實情告訴桐人。她是希望自己多花一點時間來仔細思考這件事情所代表的意義。

「哥哥之所以會放棄劍道然後開始避著我，是因為很早之前就知道這件事了對吧？因為我不是真正的妹妹才疏遠我的對吧？那為什麼現在才要對我那麼好呢！」

雖然心裡很清楚自己不可以說這種話，但嘴裡的話就是停不住。每當直葉的聲音在走廊冰冷的空氣中響起，和人黑色瞳孔裡的表情就跟著慢慢流失。

「當哥哥從ＳＡＯ裡回來時……我真的很高興。而且就像小時候那樣對我那麼好，真的讓我很開心。覺得哥哥終於肯正視我的存在了。」

直葉臉頰上落下兩滴再也忍耐不住的淚水。她粗暴地將它們擦掉後，便將緊繃到極點的聲音由胸口推了出來。

「……但是……早知道是這種結局的話，那不如一直保持冷淡還好一點。這麼一來我便不會注意到自己喜歡哥哥……不會因為知道亞絲娜的事情而難過……也不會為了取代哥哥而喜歡

上桐人了！」

聽見這些話之後和人稍微睜大眼睛，臉上表情整個僵住。經過所有事物都完全靜止般的幾秒鐘後，他眼神動搖低下頭去，只開口說了這麼一句話。

「……抱歉……」

醒過來之後的兩個月裡，和人看著直葉的眼神常帶著關愛的光芒。但現在那道光芒已經消失，取而代之的是深沉的黑暗。這情形看在直葉的眼裡，心中悔恨的感覺就像一把利刃般，隨著激痛狠狠刺進她心底。

「不要管我了……」

她沒辦法繼續看著和人的臉，只覺得罪惡感與自我厭惡已經快將她壓垮，於是直葉像逃走般關上門並往後退了幾步。當腳跟碰到床時，她直接橫躺在床上。

直葉在床上捲縮起身體，肩膀開始因為嗚咽而震動。淚水不斷由她眼眶中溢出，接著在白色床單上留下些許痕跡後消失無蹤。

＊＊＊

我在關上的房門前佇立了好一陣子。

接著轉過身子，將背靠在門上然後緩緩地坐到走廊上。

因為不是真正的妹妹所以才疏遠她，其實直葉這樣的指責基本上並沒有錯。但是在我注意到電子戶口檔案裡有被消除的紀錄，因而對現在的雙親提出質問時才十歲而已。所以具體來說，我並沒有刻意想和直葉保持距離。

從那時候起我便沒辦法理解人與人之間的距離感究竟是怎麼回事。

除了對於親生父母完全沒有印象之外，桐谷峰嵩．翠夫婦在告訴我事實之後對我的態度也完全沒有改變，所以可以說沒受到什麼外在性的衝擊。但還是有一種奇怪的感覺在我內心萌芽並且根深蒂固。

那就是在面對某個人時，內心一定會產生「這個人究竟是誰呢？」的疑問。就算是認識相當久、了解非常深的對象——應該說即使是在面對家人的時候，我也時常會浮現這種想法。想著「這究竟是什麼人？而我真的了解這個人嗎？」

或許這種奇怪的感覺，就是讓我往網路遊戲發展的原因之一也說不定。因為透過網路接觸的遊戲角色，一定會有另一張臉孔存在。沒有人真正知道對方的事情。大家就是在這樣的前提下做交流，說起來算是虛偽的世界，但對我來說卻是相當舒服的地方。我從小學五、六年級時便開始沉溺於網路遊戲，甚至根本可以說是一頭就栽進那個不久之後會造成我被幽禁兩年的世界裡。

名為「Sword Art Online」的那個世界，只要沒有死亡遊戲的規則，對我來說就是最棒的理想國度。那是個永遠不會醒的虛偽夢境，也是個永遠不會結束的假想世界。

我在那個世界裡，扮演著名字叫桐人的某個人。

但是無法登出的完全潛行型網路遊戲這種異常狀況，不久之後便不顧我的意願讓我直接了解到一個真理。

那就是不論現實世界還是假想世界，本質其實都是一樣的。

因為人類的腦部就是靠處理五感所接收的情報來認識這個世界。而網路遊戲之所以能成為虛偽的世界，就只是建立在將遊戲機電源關上之後就可以隨時脫離這點上面而已。

腦部接受電子脈衝波後所認識的無法登出的世界。

基本上就跟真實世界沒有兩樣了。

當注意到這點時，我好不容易才理解到，從十歲開始就一直困擾著我的疑問實在相當無聊。為了對方究竟是什麼人而煩惱根本沒有任何意義。我們只要去相信並且接受別人就可以了。我們所認識的那個人，其實就是他最真實的模樣。

直葉細微的嗚咽聲透過房門傳了過來。

回到這個世界，剛見到她臉的瞬間，我率直地認為能再見到她真是太好了。我為了取回因為毫無意義的疑問而與她保持距離的數年時間，決定從今以後要去除一切隔閡，以自己最直接的方式來對待她。

但恐怕在這兩年裡面，直葉她也重新定位了對我的認識。知道我不是真正的哥哥而是表哥之後，因為突然產生的距離感而困惑，然後持續在探索該如何與我相處吧。一直認為她還不知道真相的我，完全沒有注意到她的心情。

我在直葉面前好幾次表露出對亞絲娜的思念，甚至還因為想著亞絲娜而在她面前哭泣。不難想像這會對直葉造成多麼深的傷害。

不，還不只是這樣而已。

明明是個電腦白痴又討厭遊戲的直葉，之所以會開始玩ＶＲＭＭＯ的理由應該也是為了我才對。直葉是為了理解我的世界而潛行到假想世界裡面，花了很長一段時間來培育出另一個自己。那名在阿爾普海姆世界裡救過我好幾次的少女莉法——她就等於是我眼前的直葉。

至於登入之後首次遇見的玩家為什麼會是她，結衣曾推測過可能是與從附近連線至ＡＬＯ的玩家搞混了也說不定。但其實不是附近，我們根本就是從同一棟房屋裡進行潛行，所以ＩＰ位置也完全一樣。我和莉法之間是註定會相遇的，但我變成桐人的時候腦袋裡還是只想著亞絲娜的事情，這點同樣也讓直葉變成的莉法受到傷害。

我用力閉上眼睛，然後又啪一聲迅速睜開，接著兩腳用力站了起來。

我要為直葉做我所能辦到的事情。當言語沒辦法完全表達心情時就伸出自己的雙手，這是

SAO世界裡許多人以身作則教給我的道理。

＊＊＊

力道強勁的敲門聲晃動著直葉已經虛脫的意識。她的身體不由得僵硬了起來。

雖然她準備張開口叫對方「不要開門」，但喉嚨裡卻只能發出沙啞的聲音而已。不過和人沒有轉開門把，他只是在門外簡短地這麼說道：

「小直……我在阿魯恩北邊的露臺上等妳。」

那是相當冷靜平穩的聲音。直葉感覺到他說完後便離開了。走廊對面響起開關門的聲音，接著又是一片寂靜。

直葉緊閉眼著眼睛，再度縮起身子。湧出的淚水啪噠啪噠地直往下滴落。

和人聲音裡面沒有任何動搖的感覺。才剛經過妹妹嚴厲的指責而已，他馬上就已經釋懷了嗎？

——哥哥真是堅強。但我沒辦法像你一樣啊……

在心中囁囁完之後，直葉忽然想起前幾天夜裡的事情。

那天晚上和人就像現在的直葉一樣整個人縮在床上。跟她一樣想著遙不可及的那個人而哭泣。那個樣子就跟迷路的幼童一樣。

而自己就是在隔天與桐人相遇。也就是說和人不知從什麼管道——得知沉睡的那個人意識被困在阿爾普海姆的世界樹上，所以他揮別淚水，再度握劍投身於假想世界。

——那個時候我對他說了加油。也要他千萬不能放棄。但我自己卻像這樣一直哭泣……

直葉慢慢睜開眼睛。視線前方放著一頂閃爍著光芒的圓冠。

她伸出手將它拿起，接著套到自己頭上。

從雲層稍多的天空降下來的淡淡陽光，溫柔地照著阿魯恩這座古色古香的街道。

在登入地點見不到桐人的身影。由地圖上確認之後，得知目前所在的巨蛋前廣場是位於世界樹南側，而北側有一座辦活動用的廣大露臺。他應該就是在那裡等著莉法吧。

雖然已經來到這裡了，但老實說莉法還是不敢跟他見面。除了不知道該說些什麼之外，也無法預測他會對自己說些什麼。莉法默默走了幾步之後，在廣場角落的板凳上坐了下來。

低著頭過了好幾分鐘之後。忽然發現有人在她面前著地。莉法反射性地繃緊身體，接著閉起眼睛。

但是呼喚莉法名字的卻是個意想不到的人物。

「真是的～～我找妳好久了，莉法！」

那讓人覺得靠不住卻又充滿精神的熟悉聲音響徹整個空間。莉法驚訝地抬起頭來之後，眼前出現有著一頭黃綠色頭髮的風精靈族少年。

「……雷、雷根？」

莉法見到那張出乎意料之外的臉孔後暫時忘了心痛，直接問他為什麼會出現在這裡。結果雷根雙手叉腰，很驕傲地挺起胸膛說：

「哎呀——我趁西格魯特離開下水道時解除麻痺然後毒殺了那兩名火精靈逃了出來，本來決定也讓西格魯特吃下毒藥但他卻不在風精靈領地了，在沒辦法的情況之下我也朝著阿魯恩前進，被主動攻擊型怪物盯上時我就把牠們拖給別人，一直重複同樣的動作後才好不容易越過山脈，到達這裡時已經是今天中午左右了。整整花了我一個晚上的時間呢！」

「……你那是ＭＰＫ（註：Monster Player Kill的略稱。即利用怪物來殺害別的玩家）的行為吧……」

「這時候就別管那種小事了！」

雷根完全不在乎莉法的指摘，一臉高興地直接靠緊她坐了下來。這時候他才對莉法只有自己一個人這件事產生疑問，開始四處張望並開口問道：

「那個守衛精靈到哪去了？你們解散了嗎？」

「那個……」

莉法先是含糊其詞，然後一邊拉開兩人間的距離一邊想著該怎麼解釋。但她的心底還是被悲傷與痛楚填滿，一時想不出什麼好的藉口來。等回過神來時她已經將自己的心事說出口了。

「……我對那個人說了很過分的話……明明喜歡他，但卻說了絕不該說出口的話來傷害他……我實在是個大笨蛋……」

雖然眼淚差點再度奪眶而出，但莉法拚命地不讓它們掉下來。雷根／長田只是她的同班同學，而且這裡是假想的遊戲世界，她實在不想直接讓會引起長田困擾的感情暴露出來。於是莉法別過臉去，繼續快速地說道：

「抱歉，我怎麼胡說八道起來了。當我沒說過吧。我不會再跟那個人見面了……我們回司伊魯班去吧……」

就算在這裡逃走，現實世界裡兩個人的寢室也不過距離幾公尺遠而已。但莉法實在不敢面對桐人。她心裡想著不去桐人等待的地點而直接回司伊魯班，跟少數幾個要好的朋友道別之後便讓「莉法」進入沉睡狀態。等到某天自己內心的痛楚減輕後，她才有可能再到這個世界來。

下定決心之後莉法便抬起頭來看著雷根的臉。接著她便不由得向後一仰。

「怎……怎麼了？」

只見雷根的臉像隻煮熟的蝦子般完全通紅，他瞪大了眼睛，嘴巴不斷一開一閉。莉法一瞬間忘了這裡是街道，還以為他是被人施放了窒息魔法。但下一刻雷根便突然以猛烈的速度抓起莉法雙手，然後在自己胸前緊緊握著。

「你、你、你做什麼？」

「莉法！」

莉法才剛提出疑問，他便用連遠方的玩家都回過頭來觀看的大音量叫著。莉法雖然已經退到了極限，但他還是將臉擠了過來，在極近距離之下凝視著莉法的臉然後繼續說：

「莉、莉法妳不能哭啦！臉上沒有笑容就不是莉法了！我、我會一直待在妳身邊……不論是在真實世界還是這裡，我都不會讓妳孤零零一個人……我、我喜歡莉法……也就是直葉妳啊！」

雷根的嘴就像壞掉的水龍頭般吐出一大串話來，而且不等莉法回答就直接把臉更加往前擠了過去。平常看起來總是相當怯懦的眼睛這時發出異樣光芒，鼻子下面的嘴唇高高噘起並往莉法逼近。

「那、那個、等……」

雖然出乎意料之外的突襲算是雷根的得意技巧，但這種亂七八糟的突襲可以說讓莉法整個人嚇呆了。雷根因此誤以為莉法已經答應，於是他馬上就將身體靠近，只差沒飛撲到莉法身上而已。

「等……等、等……」

當雷根靠近到已經可以讓莉法感受到他的呼吸時，莉法才好不容易從僵硬中恢復過來，她立刻握緊拳頭。

「我不是要你等一下了嗎……！」

她在大叫的同時轉過身體，用盡全身力氣對準雷根的胸口下方揮出一記下勾拳。

「咕哇！」

雖然在街道裡不會產生任何傷害，但還是產生擊退效果，雷根往後飛退了一公尺左右才掉落在板凳上。他就這麼用雙手按住腹部然後以痛苦的聲音說：

「嗚咕咕咕嗚嗚嗚嗚……太、太過分啦，莉法……」

「你、你才過分哩！忽、忽然胡說八道些什麼啊，大笨蛋！」

這時終於開始臉紅的莉法氣呼呼地說道。一想到剛才差點就被奪走初吻，莉法就因為憤怒與害羞的相乘效果而像隻快要噴火的龍一樣。她不管三七二十一便抓起雷根的衣領，又賞了他幾記右拳。

「嗚哇！嗚啊！抱、抱歉，是我不對！」

雷根從板凳上跌了下去，倒在石板地面上抬起手拚命搖著頭求饒。看見莉法終於解除攻擊態勢後，他才盤腿垂頭喪氣的坐著。

「咦咦～……奇怪了……應該只剩下她有沒有勇氣向我告白這個問題才對啊……」

「……你這人啊……」

莉法實在覺得很無奈，於是她用感觸良多的口氣說了句：

「真是個笨蛋耶……」

「嗚咕……」

見到雷根宛若挨罵小狗般的受傷表情後，笑意開始超越無奈感從心底湧了出來。莉法用力地將帶著笑意的嘆息由胸口呼了出來，同時也感覺心情似乎變得輕鬆多了。

莉法忽然有了「一直以來我是不是都太壓抑自己了呢」的想法。因為害怕受傷，所以老是咬緊牙根忍耐著。最後因為沒辦法再阻擋感情洪流的潰堤，才會傷害了對自己來說相當重要的人。

事到如今或許已經太遲了——但至少希望能在最後這一刻展現最真實的自我。一想到這裡，莉法便放鬆肩膀，抬頭看著天空。接著開口說了這麼一句話：

「——但是我不討厭這樣的你唷。」

「咦？真、真的嗎？」

雷根再度跳上板凳，學不乖的他再度準備握起莉法的手。

「別高興的太早了！」

將手抽出來之後，莉法便輕輕浮上天空。

「——我偶爾也得向你學習才行。在這裡等我一下。敢跟上來的話就不只是吃拳頭而已囉！」

莉法對愣住的雷根伸出右拳然後又張開來搖了搖手，接著便轉過身子。下一刻她便用力拍了拍翅膀，朝著世界樹樹幹高高地飛了起來。

繞著異常粗壯的世界樹飛了幾分鐘後，視線下方出現了一個廣大的露臺。時常舉辦跳蚤市場或公會活動的這個場所今天倒是相當冷清。阿魯恩北側由於沒有什麼太壯觀的建築物，所以也就看不到什麼觀光客。

在空無一人的石板地面中央，有一道瘦小的黑色人影站在那裡。他有著銳利造型的灰色翅膀，翅膀上面還斜背著一把巨劍。

莉法用力深呼吸一下後，下定決心降到黑色人影面前。

「嗨……」

桐人見到莉法時雖然有些僵硬，但臉上還是出現了跟平時一樣的悠閒微笑，接著他簡短地打了聲招呼。

「讓你久等了。」

莉法也同樣笑著對他打招呼。兩個人隨後陷入一陣沉默。只有一陣風吹拂過兩人之間。

「小直……」

不久後桐人首先開口。這時他眼裡還帶著相當認真的光輝。但莉法卻輕輕抬起手阻止他再繼續說下去。莉法拍了一下翅膀，稍微往後退了一步。

「哥哥，我們那天還沒比完。現在繼續來比賽吧。」

說完之後便把手放在腰間的長刀上，桐人這時則稍微瞪大了眼睛。他動了一下嘴唇，似乎準備說些什麼，但又馬上閉上嘴巴。

這個世界裡的桐人只有那深邃的眼神與現實世界裡的和人相同，而他現在便用那黑色的眼珠凝視著莉法。幾秒鐘後，他用力點了點頭，隨後也拍動翅膀，拉開與莉法間的距離。

「——好吧。但這次我可不會讓妳囉。」

他帶著微笑說完後，手便往背後的劍伸去。

兩個人幾乎是同時拔劍。兩聲清脆的金屬聲重疊在一起。莉法不慌不忙地將愛刀擺在中段，隨即筆直地凝視著桐人。桐人降低腰部，與那天一樣將大劍垂到幾乎快碰上地面的位置。

「不用點到為止也沒關係。要上囉——！」

說完後莉法便衝了出去。

在彼此拉近距離的一瞬之間，莉法心裡有了「原來如此」的想法——那天和人那種亂七八糟卻很能發揮效用的姿勢，原來是在這個世界裡磨練出來的嗎？在那兩年的漫長歲月裡，和人就是賭上性命用劍來進行生死搏鬥。

莉法首次有了熱切想了解那個世界的想法。她想知道在那個原本只是憎恨對象的死亡遊戲裡，和人見到了什麼、想了些什麼，又是怎麼樣活下去的呢。

莉法將高舉的劍一直線向下揮落。雖然這是莉法在司伊魯班裡號稱無人可以閃避的斬擊，但桐人卻以行雲流水的動作稍微移動一下身體便躲過了。接著桐人手裡的大劍隨著風聲往上彈了起來。莉法雖然拉回長刀來抵擋，但雙臂卻因為強烈的衝擊而麻痺了。

兩人同時利用武器彈開的後座力往後一跳，接著在空中拍動翅膀。他們一邊劃出兩道螺旋軌跡一邊急速上升，然後在交叉時用劍攻擊對方。如同爆炸般的聲光效果在空中產生，整個世界都為之震動。

在劍與劍互擊當中，除了是精靈劍士之外同時也是劍道選手的莉法不由得對桐人的動作感到讚嘆不已。他利用沒有任何多餘且類似舞蹈的優美動作，不斷使出攻防一體的劍技。

配合他的節奏不斷揮劍之後，曾幾何時莉法也感覺到自己的技術正在提升至前所未至的領域。現在想起來，過去在這個世界裡進行的多次單挑，沒有一次是讓莉法打從心裡感到滿足的。雖然被打敗過好幾次，但那不是因為對方的武器有附加攻擊就是敵人使用咒文，並沒有任何人可以光靠劍來擊敗莉法。

但現在她卻遇見了這個超越自己的劍士，而且他還是自己最心愛的人，這讓莉法產生了一種類似歡喜的情感。就算今後不會再有機會和他談心，但只要有這樣的一瞬間，莉法就覺得已經足夠了。這時她注意到自己的眼眶在不知不覺間已經盈滿了淚水。

當身體因為劍與劍之間數度的衝擊而向後彈時，莉法直接在空中拍動翅膀向後飛以拉開兩人間的距離。她張大翅膀靜止在空中，然後將劍高舉過頭部。

看來莉法「這是最後一擊」的意思已經傳達給桐人知道了。他也轉過身體，在身體後方高舉起自己的劍。

一瞬間，像寂靜湖面般的靜謐降臨到兩人之間。

莉法臉頰上靜靜流下的淚水最後滴落到石板上，在寂靜的湖面激起了一片漣漪。兩人這時同時展開動作。

莉法以幾乎快讓空氣起火燃燒的速度向前衝。長刀跟隨著她劃出一道炫目弧線。她從正面可以見到桐人也以同樣的速度衝了過來。而他手裡的劍也發出純白光芒，直接撕裂空氣往莉法身上攻去。

當自己的愛刀稍微越過頭頂時——莉法鬆開了雙手。

失去主人的劍像光箭般往天空高飛而去。但莉法已經不再注意它的去向，只是張開雙臂迎向桐人的劍。

她當然不認為桐人／和人會因為她這麼做而原諒她。但是莉法／直葉實在找不出任何言語來為自己的愚蠢而深深傷害到他這件事謝罪。

莉法心裡有了至少讓自己的分身死在他劍下來贖罪的想法。

她張開雙臂，半閉著眼睛，等待著那一瞬間到來。

但是——逐漸沉浸在白光當中的視線裡，發現飛過來的桐人手裡也沒有劍。

「……？」

莉法驚訝地睜大眼睛。視線角落裡，可以見到桐人的大劍也與自己的劍同樣一邊旋轉一邊往外飛去。莉法將劍放開的同時，他也丟棄了自己的武器。

莉法還來不及想為什麼——兩人便在空中交錯。同樣張開雙臂的桐人與莉法正面衝撞，一陣讓人幾乎無法呼吸的衝擊後，莉法拚命地抓住對方。

由於撞擊的能量無法抹消，所以兩人的身體便黏在一起一邊迴轉一邊往外飛去。藍色的天空與巨大的世界樹在他們視線裡不停地旋轉。

「為什麼——」

莉法好不容易由嘴裡擠出這麼一句話。而在極近距離之下凝視著莉法的桐人也同時說出：

「為何——」

兩人再度沉默下來，就這麼凝視著對方，然後暫時讓慣性帶著他們在阿爾普海姆的天空當中流動著。不久後桐人張開翅膀，控制姿勢讓迴轉停下來並開口說道：

「我——想向小直道歉——但……又不知道該說什麼……所以決定要受妳一劍……」

莉法感到桐人環繞在自己背後的雙臂忽然用力了起來。

「抱歉——小直。我好不容易才從那個世界回來……卻沒好好去注意妳，只顧想著自己的事情……我根本沒有好好去聽妳想要說些什麼。真的很抱歉……」

聽見這道聲音在耳朵旁響起時，莉法雙眼裡的眼淚便潰堤而出。

「應……應該是我要跟你道歉才對……」

但說到這裡時她便再也無法繼續下去了。莉法一邊放聲大哭，一邊將臉深深埋進桐人的胸口。

希望能永遠持續下去的時間終究會結束，兩人輕輕地在草地上降落。當莉法還在哽咽的這段時間裡，桐人一直溫柔地摸著她的頭。但過了幾分鐘後他便以沉穩的聲音開始說道：

「我……其實根本還沒有從那個世界裡回來。對我來說那個世界仍未結束。只要她還沒醒過來，那我在現實世界裡的生活就不會開始……所以我現在還不知道該如何去考慮小直的事情……」

「嗯……」

莉法微微點了點頭，如呢喃般低聲說道：

「我會等你的。等哥哥能真正回到家裡來的時候……所以……也讓我幫忙吧。告訴我關於那個人的事情，還有你為什麼會來到這個世界好嗎……」

8

好不容易將兩把飛出去的劍找回來後，莉法和桐人一起降落在有守護神像的大門廣場前，這時想不到真的乖乖在這裡等的雷根也跑了過來。他看見站在莉法旁邊的黑衣少年之後表情馬上為之一變，接著歪著頭說道：

「那個……現在到底是怎麼回事？」

莉法邊笑邊回答：

「他、我和你三個人要去攻略世界樹囉！」

「這、這樣啊……什……什麼？」

雷根整個人臉色蒼白並向後退了好幾步，莉法拍了一下他的肩膀，對他說了句「加油囉」之後抬頭看著眼前巨大的石門。夾在兩尊守護神像之間的巨門像是要拒絕入侵者般帶著冰冷空氣聳立在那裡。

莉法嘴裡雖然說著要攻略世界樹，但在看過連桐人這種等級的劍士也遭受那麼悲慘的下場後，老實說她覺得就算多了兩個人也沒多大幫助。莉法稍微瞄了一下身邊的桐人，發現他也是緊閉著嘴唇露出一臉沉重的表情。

這時桐人像是想起什麼事情般抬起頭來。

「結衣，妳在嗎？」

他話還沒說完，空中隨即有光粒凝結，接著熟悉的小妖精現出了她的身影。她兩手用力扠腰，一臉憤慨地噘起嘴巴說道：

「爸爸你太慢了！你不叫我的話我就不能出來了！」

「抱歉抱歉。稍微有點事耽擱了。」

桐人一邊苦笑一邊伸出左手，而小妖精則是一屁股坐到上面去。結果旁邊的雷根忽然快速地探出頭來緊盯著小妖精看，接著又爆出一大串話來。

「嗚哇，這、這就是寵物妖精嗎？我還是第一次見到！嗚哦哦，太厲害了，真的好可愛哦！」

結衣見到他的樣子馬上瞪大眼睛向後退去。

「這、這人是怎麼回事啊？」

「喂，你看你都嚇到人家了！」

莉法用力拉著雷根耳朵，把他拖離結衣身邊。

「妳不用理這個傢伙沒關係。」

「嗯……我知道了。」

桐人以無奈的表情眨了兩三次眼睛後，再度看向結衣問道：

「那麼──妳從上一場戰鬥裡面有得到什麼情報嗎？」

「有的。」

結衣可愛臉上出現嚴肅的表情然後點了點頭。

「那些守護騎士能力值上並不高，但湧出的模式可以說相當異常。距離圓形石門越近湧出的比例就越高，最靠近時可以達到一秒鐘湧出十二隻的速度。照這種速度來看……只能說這款遊戲的難易度是被設定在無法攻略的等級了……」

「嗯。」

桐人一邊點頭一邊同意結衣的看法。

「守護騎士的個體大概擊中一、兩次就可以解決，所以才不容易注意到，但他們集合起來根本就跟絕對無敵的大魔王一樣。我想應該是將最終任務的難易度設定在似乎可以突破的程度，好藉此來吸引玩家興趣並且不斷煽動玩家的挑戰心吧。不過如果是這樣的話，那可就麻煩了……」

「但是爸爸的技能熟練度也同樣是屬於異常狀態。所以只看瞬間性突破能力的話，爸爸或許能辦到也說不定。」

「…………」

桐人暫時默默考慮了起來，但不久後便抬起頭凝視著莉法說：

「……抱歉。可以陪我再冒一次險嗎？我也知道聚集更多人馬或是尋找別的路徑都比現在勉強衝進去要好多了。但是……我心裡總有種不祥的預感。似乎剩餘的時間已經不多了……」

莉法聽見這句話後，一瞬間想要傳送訊息到風精靈領地司伊魯班的領主館去。她心想不知道能不能請領主朔夜派風精靈族的高等級玩家們前來救援。

但她馬上又輕咬嘴唇放棄了這個想法。今天凌晨時在幽茲海姆裡遭遇到的水精靈族身影在她腦海裡浮現。他們凡事講求效率與安全，完全不理會莉法他們的請求而準備擊斃毫無抵抗能力的邪神。

當然她不認為好朋友朔夜也跟那群水精靈族一樣。但再怎麼說朔夜她也是背負著重大責任的領袖。在這個位置上的人絕對不能感情用事，必須以全族的利益為前提來進行各種決策。就算他們總有一天會攻略世界樹，也應該得等到做好完善準備之後才會付諸實行。她不可能為了莉法一個人的要求便將部隊投入這場很可能會遭到全滅的戰鬥裡。

經過短暫沉默之後才抬起頭的莉法，用堅定的口氣對桐人說：

「我知道了。那我們就再試一次看看吧。我一定會竭盡自己所能來幫忙……當然雷根也是。」

「咦、咦咦～……」

被莉法用手肘一戳之後，雷根雖然跟往常一樣把眉毛垂成相當困擾般的八字型，然後發出丟臉的聲音，但在碎碎念了我和莉法永遠是一體同心等話後便用力點了點頭。

石門一邊發出宛如來自地底的低沉聲音一邊緩緩打了開來，感覺上裡面似乎有濃厚的妖氣流出，讓莉法不由得輕輕拍動了一下翅膀。剛才為了解救桐人而衝進去時根本沒有多餘精神去注意別的事情，但現在再度站到門前便有了相當強烈的心理壓迫感。

不過很不可思議的是這時內心卻相當平靜。

自己目前正處身於風暴當中。無論是在現實或是假想世界裡，所有事物都在暴風吹動下而不斷發生變化。雖然不知道這場風暴最後會造成什麼樣的結果，但她現在也只能朝著遠方的燈火奮力飛去。

莉法與雷根也隨著桐人拔出武器。包含結衣在內的四個人互相看了一眼之後打開翅膀。

「……要衝囉！」

以桐人的叫聲作為訊號，所有的人一起往巨蛋裡衝去。

按照事前商量好的戰略，桐人一開始便猛烈加速往屋頂中央的大門衝刺。莉法和雷根兩個人則停留在地面附近開始詠唱起回復魔法。

可以見到屋頂發光部分開始有類似黏液狀物體滴落並且不斷變成白色巨人。他們邊發出恐怖的咆哮邊往桐人進攻。當第一波的守護騎士與和他們相比顯得十分渺小的桐人交錯那一瞬間，響雷般的爆炸聲與光芒讓巨蛋內部整個搖晃了起來。

看見好幾名巨人受到桐人一擊而分屍之後，莉法身邊的雷根低聲呻吟道：

「太厲害了……」

那把劍的威力確實大得嚇人。雖然桐人已經如戰神般奮力作戰，但莉法在見到他前方所出現的景象時，還是不由得全身一陣發冷。

敵人的數量實在太多了。由網狀屋頂所產生的守護騎士，其規模已經可以說完全超過遊戲的平衡度。現在玩家們都認為地下世界幽茲海姆是難度最高的練功場，但裡面迷宮的怪物湧出速度跟這裡比起來根本只是小巫見大巫。

守護騎士們聚集成好幾個部隊，然後成群結隊朝桐人展開攻擊。每當他們衝過去時空間裡便會連續產生炫目的閃光，接著被轟飛的騎士身軀便會像雪片一樣落下，但只要有一名被消滅幾乎就會有三名新的騎士出現。

當桐人來到距離圓形石門還有一半距離的地方時，ＨＰ值終於減少了大約一成左右。但莉法和雷根呈現待機狀態的回復魔法馬上就發揮作用。桐人身體被綠色光芒所包圍，ＨＰ條也開始回復。

但是——

當咒文傳達到桐人身上時，發生了一件恐怖的事情。

在最低處飛行的一群騎士馬上發出簡短的怪叫聲並將視線朝著莉法他們看去。

「嗚哇……」

雷根發出類似痙攣的聲音。

莉法感覺到守護騎士們由鏡子面具深處投射出來的視線完全集中在自己身上。這讓她不禁咬緊了牙根。

為了避免成為騎士們的攻擊目標，莉法與雷根決定除了對桐人施展回復咒文之外便不詠唱其他任何咒語。那是因為怪物通常是在玩家入侵反應範圍或是以弓箭、咒文由遠距離攻擊牠們時才會展開反擊。

但看來這群守護騎士與外面的怪物不同，他們身上背負著充滿惡意的系統規則。如果對巨蛋內部的玩家施放回復咒文也會引起他們注意的話，那前衛、攻擊手、後衛以及補血者這樣正統的隊伍分配就根本沒意義了。

由五、六名騎士所構成的小隊無視莉法心中「別過來！」的祈禱，開始拍動四片翅膀俯衝過來。他們右手上超越莉法身高的大劍正放射出嗜血的光芒。

莉法馬上對著雷根大叫道：

「我來引開他們，你繼續施放回復咒文！」

她不等雷根回答便開始準備上升。但一直以來在戰鬥當中都相當遵從莉法指示的雷根，這次卻抓住她的右手要她稍等一下。莉法驚訝地回過頭後，雷根便用以往不曾見過的認真表情以及因為緊張而發抖的聲音說：

「莉法……我雖然還不是很清楚，但這次攻略很重要對吧？」

「——是啊。現在這個時候其實已經不能算是遊戲了。」

「……雖然比不上那名守衛精靈……但我會想辦法阻止那些守護騎士……」

話才剛說完，雷根便握著遙控器往地面一踢飛了上去。莉法被他突如其來的動作嚇到，只能站在當場看著他不斷遠去，最後由正面衝進守護騎士群裡。

「笨、笨蛋……」

——當莉法心裡想著那群傢伙不是你能應付的對象時，已經再也追不上雷根了。她只好將視線往更遠的方向看去，這時又發現桐人原本已經完全恢復的ＨＰ再度開始減少。莉法只好再次開始詠唱回復咒文。當她快速念著咒語時，也因為在意雷根而一直看著他的背影。

雷根發射了他在飛行當中準備好的風屬性廣範圍攻擊魔法。綠色風刀呈扇狀向外放射，纏上騎士後割裂他們的身體。雖然騎士們的ＨＰ條只減少了九牛一毛的數值，但他們同時也因此將目標轉移到雷根身上。

白色巨人群邊發出扭曲的怒吼聲，邊往與他們對峙的那個瘦小綠色少年攻去。雷根就像一艘在暴風雨中的小船般搖搖晃晃地飛行，他在千鈞一髮之際穿越那些巨劍並繞到巨人群身後去。騎士們一個急迴轉後又朝著他追過去。

這時莉法的詠唱結束，在遙遠上空戰鬥的桐人又被一片回復光芒所包圍。但同時再度有幾名守護騎士產生反應而開始下降。這一團騎士馬上和追著雷根那群人會合，因此由巨人集合而成的白色帶狀物體厚度馬上就增長了一倍。

原本空中戰鬥就不是雷根的得意項目，但他卻以驚人的集中力不斷躲過往他身上招呼的巨劍。雖然有時會因為被劍擦過身體而減少一些ＨＰ，但到目前為止還沒受到什麼致命性的攻擊。

「……雷根……」

他那種拚盡全力的飛行模樣讓莉法不由得非常感動，但很明顯的，他已經撐不了多久了。每當莉法的回復咒文傳達到桐人身上，降下來的騎士數量也隨著增加。

最後追逐雷根的守護騎士群終於一分為二並開始展開左右夾擊的動作。宛如下雨般的無數劍尖裡，終於有一根擊中雷根背部，將他的身體整個轟飛出去。

「雷根，夠了！快逃到外面去！」

再也看不下去的莉法對著雷根如此大叫。一旦退出巨蛋之後，在內部戰鬥仍持續的時間裡面就無法再度穿越那扇大門。莉法做出接下來只有靠自己硬撐到極限為止的決心，一邊詠唱回復咒文一邊準備起飛。

但就在這時候，雷根稍微回頭看了她一眼。看見他臉上出現充滿某種決心的笑容之後，莉法又將原本已經打開的翅膀收了起來。

雷根身上雖然不斷遭到劍吻，但還是開始詠唱新的咒文。馬上有一道紫色效果光包圍他的身體。

「……？」

注意到這是黑暗屬性魔法的光輝時，莉法不禁屏住呼吸。隨著咒文立刻就有複雜的立體魔法方陣展開。由它的大小判斷，這應該是相當高級的咒文。由於是風精靈領地裡不常見到的黑暗魔法，所以莉法無法立刻得知它擁有什麼樣的效果。

魔法方陣創造出幾道中心軸並隨著旋轉而不斷巨大化，最後魔法全方位包圍起所有衝過來的騎士群。複雜的光紋一瞬間凝聚變小——接著又散發出恐怖的閃光。

「啊……！」

莉法因為過於刺眼的光亮而別過頭去。接著是一陣天崩地裂般的爆炸聲響起，整個巨蛋內部也因此而產生震動。

呈現一片白色的視線經過一秒之後才回復過來。莉法用手擋在眼睛上方然後拚命凝視著爆炸的中心點部分，但她馬上就因為過於震驚而說不出任何話來。剛才如此密集的騎士群已經被清除地一乾二淨。現場只有紫色殘光還在空中搖晃著。

這魔法的威力實在太驚人了。風魔法甚至是火魔法中應該都沒有擁有如此威力的廣範圍攻擊魔法才對。莉法除了心裡驚嘆雷根那傢伙到底是什麼時候學會這種密技之外，嘴裡還發出痛快的叫聲。只要連續施放幾記這種魔法，應該就有可能打開通往石門的突破口了。當她決定先幫雷根回復而伸出手來時──她的身體再度僵住了。

殘存爆炸餘光的場所已經見不到雷根的瘦小身軀。取而代之的是一道微弱的殘存之火飄浮在那裡。

「──自爆魔法……？」

莉法呆呆地囁嚅著。話說回來──印象當中確實曾聽過黑暗魔法裡面有這樣的法術存在。但在死亡的同時還會比平常多掉數倍的經驗值，所以也就是所謂的禁咒。

莉法靜默了好一陣子之後才緊緊閉上自己的眼睛。或許有人會認為這只不過是遊戲、只不過是一些經驗值，但雷根為了達成目的的努力與熱情可以說是貨真價值的犧牲。莉法心裡想著這下可絕對不能輕易撤退了，她下定決心後張開眼睛凝視著上空。下一刻──

莉法見到那個景象之後，感覺自己雙腳上的力量正在流失。

不知不覺間巨蛋的屋頂已經被一大群蠕動的白色物體給擠得水洩不通。

變成一道小黑點的桐人還差一點點，真的只差一點點就能到達屋頂了。每當他手裡的劍光一閃，就會有許多斷裂的騎士肢體掉落下來。但這其實只是像精衛填海般的舉動而已。由守護騎士身體所組成的白色肉牆只有稍微凹陷，接著馬上又填補起來阻擋住桐人的去向。

「嗚哦哦哦哦哦哦哦！」

如戰神般作戰的桐人那嘔心泣血的吼叫聲也微微傳到莉法耳裡。雖然她反射性舉起雙手準備施放回復咒文，但雙手隨即又無力地垂了下來。她嘴裡囁嚅著：

「……沒用的，哥哥……這、這根本不可能……」

桐人表示那個人被囚禁在這個世界裡面，但老實說莉法到現在還是無法完全相信這件事。這裡再怎麼說也只是個娛樂用的假想世界，莉法實在很難相信對她來說就等於是惡夢一樣的「ＳＡＯ世界」也開始侵蝕這裡了。

但是現在莉法感受到至今為止從未有過的「系統的惡意」。感覺上原本應該以公正平衡角度來運轉整個世界的無形存在——到這個空間裡就變得只對玩家充滿殺意，只是不斷揮舞著手裡沾血鐮刀的死神。這就是神的殺意。沒有任何人能夠抵擋。

忽然一陣如同詛咒般的扭曲低音在巨蛋內響起。

一部分守護騎士停止移動，伸出左手來詠唱咒文。那是桐人首次挑戰時封住他行動的光箭咒文。被那種武器射中之後會有短暫的麻痺，接著便會嘗到全部騎士的巨劍攻擊。

莉法因為腦海裡浮現桐人再度被無數刀刃刺穿的景象而整個人凍結。

就在這個時候……

背後突然傳來一陣海嘯般的吼聲，刺激了莉法萎縮的翅膀。

「咦……？」

莉法急忙轉過頭去，而這時映入她眼簾的是——一大群身穿鮮綠色閃亮鎧甲的風精靈戰士以密集隊形由打開的大門外衝了進來。

這群玩家身上所有的裝備都發出讓人一看就知道是傳說武器等級的光芒。他們如春風般吹拂過莉法身邊然後朝屋頂直線上升。總人數大概有五十人左右。

說不出半句話來的莉法將視線集中在那群玩家身上，讓表示著他們姓名的箭頭不斷出現。雖然因為深邃的帽沿而看不清楚他們的臉，但箭頭上面每一個名字都是風精靈領地裡知名的實力派玩家。守護騎士群在聽見他們的怒吼之後停下瞄準桐人的咒文詠唱，再度開始移動。

一道戰慄夾雜著感動的感覺讓莉法背部開始震動了起來。但參加巨蛋攻略戰的還不只有他們而已。

風精靈族的精銳部隊通過大門幾秒鐘之後，門口再度有怒吼聲響起。而且聲音裡面還混雜著類似遠雷般的野獸吼叫。

新衝進來的這一團人人數比風精靈部隊少了很多。全部大概只有十名左右吧。但他們的體積都相當巨大。

「飛龍……！」

莉法由於太過驚訝而大叫了起來。那是一群有著鐵灰色鱗片的飛龍集團，而每頭龍從頭部到尾巴的長度大概都有玩家的好幾倍吧。龍的額頭、胸口以及又長又粗的兩翼前端閃爍的裝甲，代表著牠們並不是野生怪物。

坐在龍背上的玩家們，手裡都緊握著從龍額頭裝甲兩邊延伸出來的銀鏈轡繩。龍騎士們身上雖然也都穿著全新的鎧甲，但跟鎧甲比起來，由他們頭部兩邊冒出來的三角形耳朵與腰部鎧甲下方的細長尾巴更是引人注意。

他們無疑正是貓妖族最終戰力的龍騎士隊。身為貓妖族最後王牌的他們一直都隱藏在貓妖族領地內，甚至連螢幕影像都完全沒有外流。但現在這群傳說中的戰士就在莉法眼前飛翔著。

莉法被一股全身血液都要為之沸騰的興奮感所包圍，打直了翅膀一直站在原地。這時忽然有人從背後對她說話。

「抱歉，我們來遲了。」

轉頭一看，站在那裡的人正是穿著高木屐與和服便裝的風精靈族領主．朔夜。而靠在她身邊的貓妖族領主亞麗莎．露則是邊動耳朵邊開口說道：

「抱歉唷——雖然已經動員所有小矮妖打鐵工匠來打造這些人的裝備以及龍鎧，但還是一

直到剛剛才完成唷～現在除了從守衛精靈那裡拿到的金錢，連我們和風精靈族的金庫也都空無一物了！」

「也就是說在這裡全滅的話我們兩種族就破產了。」

朔夜將雙手環抱在胸前笑著說道。

──她們來幫助我們了。兩個人都不顧喪失領主地位的危險，竟然這麼快就趕過來了。這隻超越掠奪資源這種ＶＲＭＭＯ的本質，完全視風險計算為無物的兩種族混合部隊，一定會發揮出ＧＭ所想像不到的力量。

「……謝謝……謝謝妳們兩位……」

莉法好不容易才以發抖的聲音擠出這麼一句話。她心裡想著「果然這個世界裡，還是有比規則與禮儀等常識還要重要的東西」，然後就再也說不出話來了。

但是兩位領主則是異口同聲的說等一切結束後再道謝也還不遲，接著便以嚴肅的表情凝視著屋頂。這時朔夜將握在右手裡的扇子啪一聲打開。

「那麼──我們也行動吧！」

互相用力點了點頭後，三人便往地上一踢飛了起來。而她們眼前的白色守護騎士牆也早就垂下好幾道長長的人龍來迎擊風精靈部隊。桐人雖然還是在中央進行著激戰，但他似乎也注意到援軍的存在了。只見他停下無頭蒼蠅般的衝刺動作，開始與牆壁隔開一段距離。

迅速上升至巨蛋中央部份後，亞麗莎．露高舉起右手，用她那可愛又清澈的聲音叫道：

「飛龍隊！噴火攻擊準備——！」

十名龍騎士組成包圍莉法她們三人的圓陣後便滯空不動。只見翅膀整個張開的飛龍將脖子縮成S型，接著從牙齒深處露出些微橘色光芒。

緊接著朔夜也舉起塗著紅漆的扇子。

「風精靈隊，附加攻擊準備！」

圍成緊密方陣的風精靈部隊也一邊突進，一邊將右手上的長劍舉到頭上。他們的刀身上都佈滿了翡翠色的電網。

由於他們聚集了相當多人，所以如白蟻群的守護騎士一邊發出怪聲一邊往這裡殺了過來。亞麗莎．露以長長的虎牙咬緊嘴唇，一直等到守護騎士來到最近距離時才用力揮下右手，提高聲音說：

「飛龍咆哮，發射——！」

十頭飛龍聽見號令後便將含在嘴裡的紅蓮業火一起噴了出去。暗紅色火線拖著長長尾巴飛過整個天空。十道火柱像是要包圍風精靈隊與在前方的桐人般橫跨眾人眼前往守護騎士群裡衝去。

炫目光芒隨著「磅！」一聲巨響照亮了整個巨蛋。幾秒鐘後，膨脹起來的火球不斷爆炸並形成一片巨大的火焰障壁。劇烈爆炸聲讓整個世界產生搖晃。變成碎片的白色騎士殘骸呈放射狀擴散並拖著白色火焰逐漸燃燒成灰燼。

但幾近於無限的守護騎士馬上又從肉壁裡生出新的一群，他們立刻開始強行突破熊熊燃燒的烈火。他們像液體般擴散成一張大口，似乎是準備以此掩蓋在最前線的桐人。

在這些白色肉塊殺到之前，朔夜迅速揮下手裡的扇子並大叫著：

「狂狼風暴、發射！」

風精靈部隊以一絲不亂的動作將長劍刺了出去。由五十把劍各自迸發出來的綠色閃電扭曲著劃過天際並深深貫穿守護騎士群。

接著又是一道白色閃光將整座巨蛋染成白色。這次雖然沒有爆炸，但四面八方都有巨大的閃電激射，而被閃電擊中的守護騎士全都變成了碎片。

大集團被這兩次攻擊粉碎，守護騎士所構成的牆壁中央部份終於產生了一塊大凹陷。但屋頂四周圍的液體表面馬上像是要填補這塊凹陷般又開始慢慢隆起。

莉法確信這是他們唯一的機會。於是她立刻丟開長刀的刀鞘，從空中開始突進。而領主們也做出跟她相同的判斷。朔夜尖銳的聲音像鞭子般延伸至每個角落。

「全員，突擊！」

那無疑是這個世界裡所舉行過的最大規模戰鬥。後方斷斷續續有火焰放射出來，守護騎士也因此而不斷著火並往下掉落。採取彈頭型密集陣型的風精靈部隊為了在肉壁上穿出更深的洞而不斷用手上具有強大威力的長劍砍倒直直進逼的巨人們。

站在彈丸尖端的是黑衣守衛精靈的瘦小身影。他身上裝備的等級明顯劣於風精靈戰士們，但手中那以神速揮動的劍無論碰到什麼都能令其灰飛湮滅。

莉法衝進風精靈隊在中央所打開的縫隙，一路到達桐人身後。她用長刀彈開守護騎士想從後面偷襲桐人的劍，接著刀身深深插到鏡子面具底下的白色發光體裡。用盡全身力氣將刀橫向一掃之後，騎士的頭顱飛上天空，身體也隨著發出白色火焰。

桐人稍微往後一看，然後只用嘴唇這麼說道：

「小直——我的背後就拜託妳了！」

「交給我吧！」

用視線如此回答完之後，莉法將背緊靠在桐人背上。兩個人接下來便開始旋轉起來，不斷砍倒出現在眼前的守護騎士。

如果是一對一的話，巨人騎士也不是那麼容易打倒的對手。但是與桐人緊貼在一起，把速度提升到與他相同的境界時，莉法感覺到騎士們的動作越來越慢了。不對——或許應該說是自己神經的反應速度變快了吧？這時一種腦袋中心部份可以直接掌握所有資訊的感覺包圍住莉法，過去她在幾次劍道比賽裡面也曾有過幾次這種稀有的經驗。

感覺上自己已經跟桐人合為一體。青白色電子脈衝波直接流過兩人連結起來的神經，讓她不用回頭看也能知道背後桐人的動作。一名守護騎士正與桐人用劍互擊，但她一個轉身便將敵人的頭砍了下來。莉法才剛在一名騎士身上造成傷口，桐人的劍便往該傷口深深刺了進去。

桐人、莉法、風精靈部隊、飛龍部隊整合為一個發出光熱的能源體，他們開始溶化、挖掘並深深侵入不斷出現的守護騎士人牆裡。就算騎士的數量是無限的，但巨蛋內的空間卻是固定的。只要不斷前進，到達終點的瞬間終究會降臨。

「嘿呀～～～～！」

被莉法隨著吼叫聲直接切成左右兩半的守護騎士，軀體就這麼崩壞並且消散不見。騎士身後一瞬間可以見到巨蛋的屋頂。

「哦哦哦！」

發出怒吼的桐人從莉法背後離開，變身為黑色閃電往肉壁的縫隙裡衝去。最後的守護騎士群為了阻止他而一邊發出怨恨吼叫一邊由上下左右逼近。牠們的總數大約有三十名左右。

「桐人！」

莉法本能性地將自己的手用力往後拉，然後將自己的劍朝桐人左手丟了過去。

一邊迴轉一邊飛行的淡綠色長刀刀柄就像被吸過去般落入桐人手裡。

「嗚……哦哦哦哦哦哦———！」

桐人右手上的大劍與左手上的長刀，隨著讓整座巨蛋產生震動的怒吼以驚人速度交互發動攻擊。

劍先從右上方砍下來。接著又從左下方向上撩起。發出光芒的兩把劍慢慢改變角度畫出一個正圓形。那簡直就像日全蝕時在太陽旁邊出現的日冕一樣。被捲進這數十記超高速連續斬擊的騎士們，身體都像紙片般向周圍四處飛散。

隨後馬上揚起一陣劇烈的白色殘存之火風暴，但桐人這次已經可以很清楚看見後面的景象。巨蛋那佈滿網狀樹枝的屋頂中央，有一扇分割為十字型的圓形大門。那扇貫穿世界樹樹幹，一直通往阿爾普海姆的最後之門。

黑衣少年身後拖著光影直接朝著石門飛去。他終於突破了騎士們的守衛線。

莉法眼前又有好幾名騎士重疊起來，立刻就將瞬間打開的隙縫填滿了。看見桐人突破防衛線之後，朔夜馬上在後方大叫：

「全員轉身，撤退！」

隨著風精靈部隊一起轉身，在飛龍咆哮援護之下急速下降的莉法瞬間回頭看了一眼屋頂。

雖然被守護騎士牆壁擋住而看不見桐人，但莉法心裡面還是浮現出桐人的身影。她見到桐人正朝著那過去未曾有人到達過的場所高高地飛去。

飛啊——快過去吧——衝進那道門裡！穿越巨樹、翱翔天際，一直到世界的核心為止——！

＊＊＊

我以腦神經幾乎都要為之灼傷的速度衝過最後一段距離。

眼前就是那座巨大的圓形大門。被分割為四等分的石板組合成十字型狀擋住了門口。那女孩——亞絲娜就在這道門後面。她正和我被殘留在那個世界的一半靈魂在一起。

背後傳來守護騎士們宛若悲鳴的巨大怨嘆聲。感覺他們已經轉過身子來追我。此外從石門周圍的屋頂發光部分也立刻有新騎士掉下，他們也全部對準了我衝過來。

但我還是比他們快了一步。現在石門已經在我伸手可及的距離。

但是——但是……

「……打不開……？」

這料想不到的事態讓我不由得大叫了起來。

石門竟然打不開。原本以為來到它面前時那可恨的沉重石板便會自動打開，但現在那緊閉的十字溝道卻連絲毫搖晃都沒有，它依然在那裡擋住我的去路。

現在已經沒有減速的時間了。我將右手上的劍擺在腰間蓄力，然後隨著準備將石門擊碎的大劍一起向前衝。

下一瞬間我便隨著猛烈的衝擊撞上了石門。這時劍尖插在石板上並且爆出大量火花。但是——它的表面卻沒有任何損傷。

「結衣——這是怎麼回事？」

陷入混亂的我如此大喊著。難道這樣還不夠嗎？不只要擊退那群守護騎士，還需要某件道具或是觸發某個事件才能打開門嗎？

當我因為難掩衝動而準備再度揮下手裡的劍時，結衣帶著銀鈴般的聲音由我口袋裡飛了出來。她用嬌小雙手輕輕摸著緊閉的石板。

「爸爸……」

她馬上轉過頭來開口快速說道：

「這扇門不是因為任務參數才打不開的！它單純就是要使用系統管理者權限才能打開。」

「妳——妳的意思是？」

「也就是說……玩家是絕對打不開這扇門的！」

「什……」

我不禁說不出半句話來。

那麼這個最終任務——到達世界樹上的空中都市就能轉生為真正的精靈，根本只是擺在玩家眼前卻永遠得不到的誘餌嗎？除了將難易度提升到極限之外，門上還加了一道永遠無法解開，名為系統權限的鎖嗎……？

我忽然感到全身脫力。這時背後又傳來守護騎士朝我殺過來的吼叫聲。但我已經連握劍的力氣都沒有了。

——亞絲娜，我好不容易、好不容易才來到這裡……還差一點就能遇見妳了……難道說由妳手上掉落下來的那一點餘溫，就是我們兩人間的最後一次接觸嗎……？

——不對。等一等，那、那確實是……

我迅速睜開眼睛。馬上用左手摸索著腰間的口袋。最後終於讓我找到那張小卡片。結衣曾說過這是系統登入碼……

「結衣——快用這個！」

我將掏出來的銀色卡片拿到結衣眼前。結衣見到卡片後瞬間瞪大眼睛，但隨即用力點了點頭。

她用嬌小的手摸著卡片表面。此時可以看見有幾道光線由卡片傳到結衣手上。

「我把登入碼轉移到上面去！」

簡短叫了一聲後，結衣便用雙手手掌敲了一下門的表面。

我因為刺眼的光線而瞇起眼睛。結衣手所碰到的部分產生了放射狀藍色閃電線條，接著石門開始發出光芒。

「──要開始傳送了！爸爸，抓住我！」

我用左手指尖緊緊抓住結衣伸過來的嬌小右手。光線先傳到結衣身上，接著也流入我體內。

頭部後方的守護騎士們突然發出怪聲。我還來不及防禦，好幾把大劍便朝我插了下來。但是──這些劍簡直都像失去實體一般，完全沒有帶來任何痛楚便穿透我的身體。不，應該說是我的身體開始透明化了才對。只見身體影像逐漸變薄，接著開始溶化在光線當中。

「──！」

我整個人忽然被向前拉去。這時石門已經變成發出白色光芒的螢幕，我和結衣則變成一道奔流往裡面衝去。

我的意識陷入短暫的空白狀態。

恢復過來後我搖了好幾次頭、眨了數次眼睛來驅除殘留在身上的傳送感。雖然跟在艾恩葛朗特裡使用轉移水晶後的感覺有些類似，但它不像轉移水晶一樣必定會讓人在大門廣場的喧囂當中出現，目前我們周圍可以說是沒有任何聲音。

我由單膝跪地的姿勢下緩緩站起身來。眼前馬上就見到恢復原本十歲少女姿態的結衣那十分擔心的表情。

「你不要緊吧，爸爸？」

「——嗯嗯。這裡是……？」

我一邊點頭一邊看著四周圍環境。

這真是個奇怪的地方——與司伊魯班還有阿魯恩那種施加過多精緻裝飾好符合最新遊戲形象的街道完全不同，映入眼簾的是一整片沒有任何細部與紋路的平凡白色牆板。

這裡看起來像是在某條通道的途中。而整條通道不是直線，而是緩緩向右彎曲。往後一看發現後面的通道也是一樣呈彎曲狀。看來這不是漫長的彎道，就是圓形的通路。

「我也不清楚……導航用的地圖情報裡面沒有這個地方……」

結衣也以困惑的表情這麼說道。

「知道亞絲娜在什麼地方嗎？」

一問之下，結衣刻閉上眼睛，接著用力點了點頭。

「嗯，非常——非常接近了。媽媽在上面……就在這邊。」

從白色洋裝下伸出來的赤腳往地板一踢後，馬上靜靜地跑了起來。我將右手的劍放回背上，急忙從後面追了上去。原本在左手上的長刀已經消失不見，應該是被傳送到這裡時就回到系統上所有者的莉法身邊了吧。如果她沒有將長刀丟過來的話，我一定無法突破最後的障壁。

我一瞬間閉上眼睛，對殘留在左手上的感觸表達自己的謝意。

追著結衣跑了數十秒鐘後，可以見到左側，也就是外圈部份有一扇沒有任何裝飾的門。

「可以由這裡轉移到上層去。」

聽見停下來的結衣這麼說後我點了點頭，接著將視線移到門旁邊——但我的身體就此瞬間僵硬住了。

出現在那裡的是上下並排的兩個三角形按鈕。雖然在這個世界裡還是首次見到，但是在現實世界裡卻常可以看見這種形狀的物體。這應該是電梯的按鍵不會錯了。

身穿戰鬥服、背著大劍的我忽然有一種自己不應該站在這裡的感覺，這讓我不由得繃緊了臉。我錯了——是這個地方不對勁才對。如果這真是電梯按鍵的話，那這裡就不是遊戲內部了。那……究竟是什麼地方呢？

但這問題也只有短暫停留在我腦袋裡幾秒鐘的時間而已。只要亞絲娜在這裡，那這裡是什麼地方根本一點都不重要。

我毫不猶豫地伸手按下朝上的三角形。門馬上就隨著「碰」的效果音滑開，接著後面出現了一個箱型小空間。我和結衣一起進到裡面，轉過身來便看見門旁邊果然設置了並排著好幾個按鈕的面板。如果發光的按鈕是現在位置的話，這上面應該還有兩層樓才對。稍微猶豫了一下之後，我便按下最上面的按鈕。

效果音再度響起。門關上之後立刻就有股上升感包圍住我。

電梯馬上就停了下來。門打開之後出現在眼前的，是一條與剛才相同的彎曲道路。我看著緊握我右手的結衣然後開口說道：

「應該是這層樓沒錯吧？」

「嗯。已經──很靠近了，就在那裡而已。」

話還沒說完，結衣就拖著我走出電梯。

我拚命壓抑著加速的心跳，繼續在通道裡跑了數十秒左右。雖然途中內圈出現好幾道並排在一起的門，但結衣完全不予理會直接跑了過去。

不久後，結衣在一處沒有任何東西的地方停了下來。

「……怎麼了？」

「這後面……有一條通道……」

結衣一邊囁嚅著，一邊用手在外圈光滑的牆壁上撫摸。一會兒後她的手忽然停止，結果牆壁上出現與打開石門時相同的藍色光線，光線在牆上劃出直角後便繼續在牆上跑動著。

粗大線條最後在牆上畫出四角形，而四角形更在發出「噗」一聲後便從牆壁上消失。裡面果然出現一條光滑又平淡無奇的筆直道路。

結衣默默踏入通道後便加快速度往前跑去。看她稚嫩臉上無法壓抑的渴望神情越來越濃厚，我就知道亞絲娜已經在我們附近了。

我一邊在內心專心念著「快點、再快一點」一邊不斷向前跑去。不久後，前方道路到了盡頭，眼前出現一扇四方形的門擋住我們的去路。但結衣完全沒有停下腳步，她直接伸出左手，順勢便將門給打開。

「——！」

逐漸西下的巨大太陽出現在我們正面。

整片世界都是一望無際的夕陽景色。由於視點位置讓人感到有些不對勁，我才發現這個地方的設定高度實在是超乎想像。眼前除了可以見到緩緩畫出弧形的地平線外，還能聽見強風吹過的聲音。

我立刻想起了那個瞬間。

和亞絲娜並肩坐著，一起看浮游城末路的那個永恆的夕陽世界。這時耳朵旁又響起她的聲音。

「我們要永遠在一起……」

「嗯嗯——妳說的沒錯。所以我回來了。」

低聲說完之後，我便將視線朝腳邊看去。

現在踩在腳下的不是水晶地板，而是相當粗壯的樹枝。

因為一直注視深紅太陽而變得模糊的視線這時也開始恢復過來。我發現頭頂上有著像要撐起天空的樹枝，往四面八方伸展，而枝椏上也有相當茂盛的樹葉。視線下方還可以見到好幾根樹枝擴展，而更下方則是一片薄薄的雲海。至於遙遠地面上則稍微可以見到幾條蜿蜒在綠色草原上的河流。

這裡正是世界樹的頂端。也是莉法……直葉她渴望來到的世界之巔。

但是──

我緩緩回過頭去。眼前只有如同牆壁般屹立在那裡的世界樹樹幹筆直往上伸展開枝散葉。

「根本沒有什麼空中都市嘛……」

我呆呆地說道。這裡有的只有那條平淡無奇的白色通道而已。那種東西不可能是傳說中的都市。說起來如果真如最終任務的宣傳台詞所寫的那樣，在突破巨蛋裡的石門時應該就要有事件發生了才對。但我的耳朵卻沒有聽見任何奏樂聲。

也就是說，這款遊戲根本就像是個裡面空無一物的禮盒。只是利用好看的包裝紙與緞帶來包裝外表，但裡面其實裝滿了空洞的謊言。我該怎麼對如此渴望轉生為高等精靈的莉法解釋才好呢。

「……不可饒恕……」

我忍不住對運轉這個世界的某個人這麼呢喃著。

這時右手忽然被輕輕拉了一下。結衣一臉擔心地抬頭看著我的臉。

「啊，對了。我們快走吧。」

這些事情等救出亞絲娜之後再來想吧。畢竟這才是我來到這裡的主要目的。

眼前這根粗壯的樹枝朝著夕陽伸展而去。而樹枝中央還崁有一條人工小徑。小徑前方雖然被茂盛的枝葉給遮住了——但樹梢後面似乎有物體反射夕陽而發出金色光芒。我和結衣朝著那道光芒跑了過去。

我拚命壓抑住馬上就要爆發的焦躁與渴望，只是不斷在樹枝上前進著。只要想到再過幾分鐘——或是幾十秒那個瞬間就要來到，我開始加速的知覺就開始覺得每一刻都變得像是一個世紀那般漫長。

又鑽又爬地經過一片深色濃密的奇異樹葉之後，我發現道路還是繼續往前延伸。每當因為樹枝扭曲而出現忽上忽下的短階梯時，我便振翅直接將它們跳過。

不久後目標的金色發光物體終於出現清楚輪廓。那是一道由金屬所製成的柵欄——不，應該說是一只鳥籠才對。

我們行走的樹枝上方還另有一根與它平行的樹枝，而傳統式下寬上窄的筒狀鳥籠就是被掛在那根樹枝上。只不過那是只非常巨大的鳥籠。不要說是小鳥了，甚至連猛禽都能關得進去。

是的——那應該是被拿來當成別種用途的鳥籠——

我從感覺上似乎已經是相當久遠的記憶裡，挖出艾基爾在自己店裡時所講過的話。曾有五名玩家利用疊羅漢方式逼近世界樹，然後在極限高度下拍攝了影像。那張照片拍到樹上有一名少女被關在不可思議的鳥籠裡。對了，不會錯的。亞絲娜——她就在那只鳥籠裡面。

結衣那拉著我右手的小手也因為確信亞絲娜在那裡而加強了力道。我們以幾乎可以算是在空中滑行的速度跑著，接著跳過最後一段階梯。

崁有小徑的樹枝忽然急遽變細並連結到鳥籠底端，道路就這樣到了盡頭。

金色鳥籠的內部這時也已經清楚地呈現在我們眼前。裡面有一株巨大的盆栽以及各式各樣的花盆點綴著白色瓷磚地板。中央則是一張附有頂蓬的豪華公主床。旁邊還有一張純白圓桌與一張椅背相當高的椅子。一名少女坐在椅子上，兩手合在一起置於桌面，似乎在進行祈禱般垂著頭。

少女有著一頭柔順的直長髮。身上穿著與結衣類似的白色薄洋裝。此外少女背後也長有優美的纖細翅膀。鳥籠裡的一切事物這時都被快下山的夕陽照成一片紅色。

少女的臉龐因為被陰影遮住而看不清楚。但我早已經知道她是誰。應該說我怎麼可能會不知道。吸引我們兩人靈魂的磁力變成一道透明閃光，直接串聯起我和少女的心靈。

下一個瞬間，少女——亞絲娜迅速抬起頭來。

或許是太過於思念她了吧，她那令人懷念的身影在我腦海裡早已昇華為充滿光芒的女神形象。那種時而像是把鋒利刀刃的伶俐美、時而讓人感到親切又調皮的溫暖再度在腦海裡浮現。而在那段短暫又令人懷念的日子裡，總是在我身邊的那張臉龐這時先是出現驚訝的表情，接著又用原本合起來的雙手摀住嘴巴。她黃褐色的大眼睛盈滿了快要溢出來的光輝，接著馬上變成眼淚停留在睫毛上。

我一邊飛過最後一段路程，一邊用幾乎快聽不見的聲音呢喃道：

「亞絲娜——」

結衣也同時大叫了起來。

「媽媽……媽媽！」

小徑與鳥籠連接的終點部分有著一道比壁面還要密集的欄杆所組成的四方門，門旁有一片應該是門鎖的小金屬板。門雖然緊閉著，但拉著我手的結衣卻依然不減速度，在門前直接將右手在身體左側揚起。這時她手上開始出現藍色光芒。

她把手往右邊一揮，門和金屬板隨即一起飛了出去。接著兩樣物體便化為光粒並消失無蹤。

結衣放開我的手，用力伸直自己的雙臂並再度大喊著：

「媽媽——！」

她一口氣由打開的入口衝進鳥籠裡。

亞絲娜這時也踢倒椅子迅速站起身。她原本摀住嘴巴的雙手也完全打開，接著由她嘴唇裡發出顫抖但相當清楚的聲音。

「──結衣！」

結衣往前衝的嬌小身軀馬上撲進亞絲娜的胸口。兩人栗色與漆黑的長髮在空中搖曳並且發出夕陽的橘紅色光芒。

緊緊相擁的結衣與亞絲娜把臉頰靠在一起，像要確認彼此的存在般又叫了一次對方。

「媽媽……」

「結衣……」

不斷由兩人臉上落下的淚水，在夕陽照射之下發出如火焰般的光輝後消失不見。

我放慢奔跑的速度，靜靜地往亞絲娜走去，但在離她還有幾步的距離時便停了下來。抬起頭來的亞絲娜眨了眨眼讓眼淚滑落，接著由正面看著我。

我就跟那個時候一樣無法動彈。我害怕繼續靠近並用手去觸碰她的話，她馬上就會消失無蹤──而且我現在的樣子與過去完全不同。守衛精靈無論是淺黑色皮膚或是刺猬般髮型都與過去的桐人完全沒有共通點。我只能忍住眼淚，站在當地一直凝視著亞絲娜。

但亞絲娜果然跟那個時候一樣張開嘴唇，然後叫出我的名字。

「桐人──」

一瞬間的寂靜之後，我也開口叫著她的名字。

「亞絲娜……」

我跨出最後兩步然後張開雙臂，用力抱緊嬌小的亞絲娜以及在她胸口的結衣。懷念的香氣飄散在空氣當中，懷念的溫暖整個滲透到身體裡面。

「抱歉……我來遲了……」

我用顫抖的聲音低聲說完後，亞絲娜她從至近距離之下筆直地看著我的眼睛回答道：

「不會，我一直相信……你一定會來救我的……」

這時已經不需要任何言語。我和亞絲娜兩人一起閉起眼睛，互相將臉靠在對方的肩膀上。亞絲娜也將手臂繞到我背後並用力抱緊我。結衣在我們兩個人之間呼出感到非常幸福的一口氣。

──我心裡想著這樣就夠了。

如果這個瞬間就是我生命的最後一刻，那麼即使就此死去我也毫不後悔。原本在那個世界就應該結束的兩條生命變成在這裡完結，我們兩人就是為此而活到現在……

──不對，不應該有這種想法。我們現在才終於要開始屬於我們的未來。這麼一來，那個劍與戰鬥的世界總算結束，我們也可以一起展開名為現實世界的全新旅程了。

我抬起頭這麼說道：

「我們回現實世界去吧。」

解開彼此的擁抱之後，我和亞絲娜緊握著對方的手，而結衣則是被亞絲娜用另一隻手抱著。我看了一下小女孩的臉，對她問道：

「結衣，可以從這裡讓亞絲娜登出嗎？」

結果結衣瞬間皺起眉頭，接著又立刻搖了搖頭。

「媽媽的角色被複雜的程式碼給限制住了。要解除的話必須要有系統控制臺才行。」

「控制臺……」

正當我感到疑惑時，亞絲娜以緊張的聲音這麼說道：

「我在研究室的最下層發現到應該是控制臺的東西。啊……研究室就是……」

「妳是說那條白色空無一物的通道嗎？」

「嗯。你們是經過那邊來到這裡的嗎……？」

「嗯嗯。」

看見我點頭之後，亞絲娜似乎有些不安地繃起了臉。

「沒有什麼奇怪的東西在嗎……？」

「沒有，我們沒遇上任何人……」

「……須鄉的手下有可能在那邊徘徊。到時候你就用手裡的劍把他們給砍了！」

「咦……須鄉？」

聽見亞絲娜說出來的名字後，我在驚訝的同時也馬上了解到是怎麼回事。

「就是那個男人把亞絲娜關在這裡的嗎……？」

「嗯嗯。還不只是這樣而已——須鄉他還在這裡進行恐怖的……」

亞絲娜憤怒的想要說些什麼，但馬上又搖了搖頭。

「剩下的等回到現實世界裡再說吧。須鄉他現在不在公司裡的樣子。得趁現在奪取伺服器然後解放大家……我們快走吧！」

雖然還有許多事想問，但目前最重要的就是讓亞絲娜回到現實世界。我點了點頭後便轉過身子。

我抓住亞絲娜抱著結衣的手，馬上朝著門已經消失的入口跑去。前進了兩、三步，當我縮起身子準備鑽過欄杆時……

——我感覺有人正看著我們。

我脖子後方忽然產生一陣讓人不舒服的感覺。在SAO世界裡，被怪物之外的橘色箭頭殺人玩家躲在暗處盯著時就是這種感覺。

我馬上放開亞絲娜的手，改握住背上的劍柄。當我準備拔劍而稍微動了一下手腕的瞬間……

鳥籠裡忽然進水了。某種高黏性的深色液體「咚噗」一聲將我包圍住。

不對，看來不是鳥籠進水。因為我目前還可以呼吸，但空氣卻感覺異常沉重。只要我想移動身體，就會像處身於極為濃稠的黏液裡一樣感覺到強烈的抵抗感。這時我的身體變得相當沉重，甚至連站立都感到相當痛苦。

同時外界的亮光也逐漸離我遠去。原本充滿整個鳥籠裡的夕陽光芒現在已經慢慢被深沉的黑暗所掩蓋。

「——怎、怎麼了？」

亞絲娜大叫了起來。她的聲音也像從深海裡發出來般扭曲不清。

我一邊有種非常厭惡的戰慄感，一邊想要轉過頭來抱住亞絲娜和結衣。但是——身體卻完全無法行動。黏稠的空氣像是有意志般纏著我的身體。

不久之後整個世界終於陷入一片黑暗當中。不對，這種形容有點不太妥當。我還可以很清楚地看見穿著白色洋裝的亞絲娜與結衣。但除了她們之外，視線裡其他背景都被一片濃密的黑色給掩蓋住了。

我咬緊牙根拚命動了一下右手。鳥籠的欄杆應該就在我附近才對。我心裡想著要抓住欄杆，然後把身體拖離開這個空間——但伸出去的手卻什麼都沒碰到。

原來不只是外表而已。我們是真的被丟進一個未知的黑暗世界裡了。

「結衣——」

當我準備問她清不清楚這是什麼狀況時……亞絲娜手臂裡的結衣忽然仰起身體並發出悲鳴。

「哇呀！爸爸……媽媽……小心啊！有某種……不好的東西……」

話還沒說完，結衣嬌小的身體表面便有紫色閃電爬過，然後瞬間爆出炫目的閃光——等我們回過神來時，亞絲娜臂彎中已經見不到她的身影了。

「結衣？」

「結衣——？」

我和亞絲娜同時叫道，但沒有得到任何回答。

在濃稠的深沉的黑暗當中，只有我和亞絲娜被留了下來。我拚命伸出手想把亞絲娜的身體拉過來。這時以不安的表情瞪大眼睛的亞絲娜也朝我伸出手來。

但是在我們兩個人手指碰到對方之前，一股劇烈的重力忽然壓在我們身上。

我簡直就像被丟進一座深沉的黏液沼澤底部一樣。由於承受不住壓在全身的重量，我一隻腳不禁跪了下去。同一時間亞絲娜也整個人倒了下來，兩手撐在看不見的地板上。

亞絲娜看著我的眼睛，張開嘴巴說著：

「桐……人……」

不要緊的，無論發生什麼事我都會保護妳——當我準備這麼回答時……一道夾雜黏稠笑聲的尖銳聲音在黑暗中響了起來。

「嗨，這個魔法滋味如何啊？我預定在下一次更新時導入它唷，效果是不是太強了一點？」

我記得這道帶有濃烈嘲弄感的聲音。這道聲音正是來自於在沉睡的亞絲娜面前，揶揄我是英雄的那個男人。

「——須鄉！」

我一邊掙扎著想要站起來一邊憤怒地大叫。

「嘖嘖，在這個世界裡可不可以別用那個名字叫我啊。直呼你們國王的名諱未免也太沒禮貌了吧。應該要叫我——奧伯龍陛下才對！」

那道聲音的語尾往上升後整個變成了尖叫，同時也有某樣東西用力敲打著我的頭部。

轉動頭部之後我才發現，那男人不知道什麼時候已經站在那裡了。他腳上穿著滿是刺繡的靴子，而穿著白色緊身褲的另一隻腳則放在我頭上左右來回移動。

將視線往上移之後，可以見到他那身刺眼的綠色長袍，以及上方那像是塑造出來的端正臉孔。不對——那原本就是塑造出來的結果。但完全由多邊形構造出來的美貌上沒有絲毫生氣，看起來反而讓人覺得相當醜惡。他鮮紅的嘴唇整個扭曲，臉上浮現出過去曾見過的那種笑容。

就算外表不同，我也可以很清楚地知道這個男人就是須鄉。他就是強行奪走亞絲娜靈魂並把她關在這種地方，讓我恨之入骨的那個男人。

「奧伯龍——不，須鄉！」

亞絲娜雖然倒在地板上，卻還是堅強地抬起頭尖聲叫著。

「我親眼見到你所做的壞事了！竟然做出那種殘忍的事情……我絕對饒不了你！」

「什麼？誰饒不了我啊？妳嗎？還是他呢？該不會跟我說是神吧？很可惜，這個世界裡除了我之外就沒有別的神了，呵呵！」

須鄉用夾雜刺耳笑聲的聲音說完後，又更加用力地踩著我的頭。我因為無法承受重量而整個人趴到地上。

「快住手，你這卑鄙小人！」

須鄉完全不理會亞絲娜的罵聲，直接蹲了下來從我背上的劍鞘裡拔出大劍。巨劍垂直立在他伸長的食指上，接著開始旋轉了起來。

「話說回來——桐谷小弟，不對……應該叫你桐人比較好吧。沒想到你真的會來到這個地方。不知道該說你是勇敢呢還是愚蠢。不過看你現在這樣狼狽地倒在地上，我想應該是後者吧，呵呵。我聽說我可愛的鳥兒從籠子裡逃出去，所以趕回來要給她嚴厲的處罰，結果可真令人驚訝啊！鳥籠裡竟然有蟑螂混進來了！倒是——剛才好像還有還有一個奇怪的程式在運作……」

須鄉說完之後便迅速揮動左手叫出視窗。他歪著嘴注視發出藍光的視窗一陣子之後，才又用鼻子哼了一聲然後將視窗關閉。

「……逃走了嗎？那到底是什麼？說起來你們到底是怎麼爬到這裡的？」

知道結衣應該不是被他給刪除了之後，稍微感到安心的我開口回答：

「用這雙翅膀飛過來的。」

「——哼，隨便了。反正之後直接問你的腦袋就能知道。」

「……什麼？」

「你不會以為我是因為興趣而製作出這整個世界的吧？」

須鄉讓劍在他指尖上不斷反彈著，然後露出陰險惡毒的笑容。

「靠著前ＳＡＯ玩家們的犧牲奉獻，思考．記憶操縱技術的基礎研究已經完成了八成左右。再過一陣子我就可以完成直接操縱人類靈魂這種過去從未有人成功過的神技了！而且我今天又得到這麼棒的新實驗體。哎呀，實在太讓人高興了！光是想到能窺看你的記憶、改寫你的感情我就感到興奮不已哪！」

「怎麼可能……辦到那種事情……」

對方那超乎想像的發言讓我一邊感到驚愕一邊這麼說道。須鄉這時則再度把右腳放在我頭上，然後用腳尖戳著我。

「你又不怕死地戴上NERvGear了對吧？那你現在的狀況就跟其他實驗體完全相同。小孩子果然就是這麼笨。連狗被踢過一次之後都知道要學乖了。」

「須……須鄉，你敢這麼做的話我絕饒不了你！」

亞絲娜臉色蒼白的大叫著。

「你要是敢對桐人出手，我一定饒不了你！」

「小鳥兒啊，只要一個按鈕就能讓妳現在的憎恨變成絕對服從的日子馬上就要來臨啦！」

須鄉用陶醉的表情說完之後重新握好劍，然後用左手指尖慢慢撫摸刀身。

「接下來！在竄改你們的靈魂之前，我們就來辦個有趣的派對吧！啊啊……終於到了這個期待已久的時刻。現在最棒的客人也來到了現場，我拚命的忍耐也算值得了！」

他將身體轉了個圈，接著大大張開雙臂。

「現在這個空間的所有檔案情報都會被紀錄下來！你們就盡量作些生動的表情吧！」

「…………」

亞絲娜緊咬住嘴唇，接著又凝視我的眼睛迅速說道：

「桐人……你現在馬上登出。然後到現實世界裡揭發須鄉的陰謀。我不要緊的！」

「亞絲娜……！」

聽見她這麼說之後，我心裡的掙扎幾乎快將身體撕裂。但我還是馬上點頭並揮動左手。有這麼多情報的話，就算沒有物證也能讓解救小組有所行動也說不定。只要能奪回在「RECT PROGRESS」的ALO伺服器，就可以讓須鄉招認所有罪行了。

——但是視窗卻沒有出現。

「啊哈哈哈哈哈！」

須鄉彎下身體，捧著肚子放聲大笑。

「我不是說過了，這裡是我的世界！沒有任何人可以從這裡逃出去！」

他讓身體不斷向上彈起並且跳舞般走動著，但突然又揚起左手。彈了一下指頭之後，被無盡黑暗所掩蓋的天空上便有兩條鎖鏈垂了下來。

隨著刺耳金屬聲降下來的鎖鏈前端，有兩只發出暗沉色澤的寬大金屬環掛在上面。須鄉拿起其中一只金屬環後抓起倒在我眼前的亞絲娜，然後將她的右手隨著「喀嘰」這種金屬聲鎖進圓環裡面。接著他又輕輕拉了一下垂在黑暗當中的鎖鏈。

「哇呀！」

鎖鏈忽然往上捲，亞絲娜的右手也被抬了起來。鎖鏈一直上升到她的腳尖已經快碰不到地面時才停了下來。

「你這傢伙想幹什麼……！」

我雖然這麼叫道，但須鄉卻完全不理我，只是哼著歌然後拿起另一邊的圓環。

「我準備了許多小道具唷。那我們就先從這裡開始吧。」

須鄉邊說邊將亞絲娜的左手也鎖上，然後又拉了一下鎖鏈。另一條鎖鏈也開始上升，最後亞絲娜便以兩手被強行往上拉的姿勢吊在半空中。強烈的重力似乎仍然對她產生影響，讓她優美的眉毛皺了起來。

須鄉兩手抱胸站在亞絲娜眼前，接著吹起低級的口哨。

「真漂亮。NPC的女性果然做不出這種表情。」

「哼……！」

亞絲娜先是惡狠狠地瞪著須鄉，然後便低下頭緊緊閉住眼睛。須鄉在喉嚨深處發出咕咕的笑聲，接著繞到亞絲娜身後。他用手抓起亞絲娜的一縷長髮，放在鼻子上用力吸了一口氣。

「嗯——真是香啊。要忠實呈現亞絲娜在現實世界裡的香味可花了我好一番功夫哪。真希望妳能體會我特別把解析機搬到病房裡的苦心。」

「快住手……須鄉！」

我全身燃燒著無法壓抑的怒火。紅色火焰流過我的神經，讓壓在身體上的重力瞬間消失無蹤。

「嗚……哦……」

我伸出右手，將身體由地板上撐了起來。立起一邊膝蓋之後，把全身力量灌注在上面來慢慢抬起自己的身體。

須鄉用演戲般的誇張動作把左手插在腰上並左右搖著頭。他走到我眼前來時歪著嘴說：

「哎呀，觀眾只要乖乖……趴在地上看就行了！」

兩腳忽然被他橫掃過去，失去支撐點的我再度跌在地上。

「咕啊！」

幾乎讓肺部破裂的衝擊使我不由得發出悲鳴。我再度把手撐在地上然後抬頭往上看去，只見須鄉露出只有嘴角上揚的狠毒笑容——然後右手拿著我的劍直接往我背上用力刺了下來。

「嗚……！」

被厚重金屬貫穿的感覺將我神經當中的火焰完全熄滅。劍似乎穿透我胸口中央而深深插入地面。雖然沒有疼痛感，但卻有一股強烈的不舒服感覺襲上心頭。

「桐……桐人！」

我朝發出悲鳴的亞絲娜看去，準備開口告訴她我不要緊。

但是在我開口之前，須鄉便忽然抬頭看著黑暗天空然後說：

「系統指令！將疼痛緩和裝置變更為第8級。」

他話剛說完，一股被利刃刺入的疼痛感馬上由背上傳了過來。

「嗚……咕……」

聽見我發出呻吟聲後，須鄉便發出相當愉快的笑聲。

「呵呵呵，這只是開胃菜而已唷。我會一個階段一個階段的把它增強，你好好期待吧。降到第3級以下時，似乎登出之後也會有休克症狀出現唷。」

他說完後便拍了一下手，然後又回到亞絲娜背後。

「須……須鄉！現在馬上就放我下來！」

當然他還是絲毫不理會亞絲娜的吼叫。

「我呢，最討厭像他這種小鬼了。這種沒有任何能力與背景，只會出一張嘴的小蟲子。呵呵，所以得像在標本箱裡的蟲子一樣把他釘住才行。而且妳現在都自身難保了，還有時間替他擔心嗎，小鳥兒？」

須鄉從後面伸出手來，用食指在亞絲娜臉頰上輕輕摸著。亞絲娜雖然轉動脖子想躲開他，卻因為強烈的重力而無法如願。

指尖在亞絲娜臉上到處游移了一陣子，最後來到了她的脖子上。這時亞絲娜臉上露出厭惡的表情。

「快住手……須鄉！」

我一邊死命想撐起身體一邊大叫著。結果亞絲娜露出堅強的笑容，以顫抖的聲音對我說：

「──不要緊的，桐人。我不會因為這點小事就受到傷害。」

須鄉一聽見她這麼說，馬上就發出了殺雞般的笑聲。

「就是得這樣才行。我看妳還能嘴硬多久──三十分？一小時？還是一整天？拜託妳要盡量延長我的樂趣啊！」

須鄉這麼大叫的同時，右手也抓住亞絲娜領口的紅色緞帶。他接著將緞帶連布料一起扯了下來。血一般的緞帶無聲地飛舞在空中，最後落在我眼前無力地躺在地面上。

洋裝的胸口部分因為被撕裂而大大敞開，可以從該處見到亞絲娜白皙的肌膚。亞絲娜的臉因為羞恥而扭曲，緊緊閉起來的眼瞼邊緣不斷微微震動著。

須鄉一面伸出右手準備觸碰亞絲娜的肌膚，一面歪著頭嘻嘻笑著。他的嘴唇像上弦月般上揚，接著更吐出長長的紅色舌頭。他的舌頭上發出黏液滴落般的聲音，然後由亞絲娜臉頰下方舔了上去。

「呵、呵，告訴妳我現在腦袋裡在想些什麼吧。」

須鄉依然吐著舌頭，接著以瘋狂的聲音在亞絲娜耳邊囁囁道：

「在這個地方好好享樂之後。我就到妳的病房去，只要鎖上房門、關上攝影機，那裡就是密室了。就我和妳兩個人獨處而已。然後我要在那裡設置大型螢幕，一邊播放今天的錄影一邊再度好好享受妳真正的身體。首先要奪取妳心靈的純潔——接下來再玷汙妳身體的貞節！太有趣了，妳不覺得這是很獨特的經驗嗎！」

須鄉完全發狂的尖銳哄笑充滿整個黑暗空間然後慢慢消失不見。

亞絲娜雖然一瞬間睜大了雙眼，但還是很堅強地緊閉著嘴巴。只是難以壓抑的恐懼還是變成兩粒透明的淚水停留在她睫毛上。須鄉這時竟用舌頭舔了舔她的眼淚。

「啊啊……好甜、好甜啊！來，為了我再多流一點眼淚吧！」

似乎要燒盡所有一切的熊熊怒火一直線貫穿我的頭部，在我眼裡激起一串猛烈的火花。

「須鄉……須鄉……你這傢伙！」

我一邊狂吼一邊狂亂地動著四肢並準備站起身來。但插在我胸口的劍卻絲毫沒有任何動搖。

我感到眼淚正從雙眼裡流出。這時像隻蟲子在地上蠕動、掙扎的我發出了咆哮。

「你這傢伙……我要殺了你！殺了你！絕對要殺了你！」

須鄉那瘋狂的笑聲在與我的怒吼重疊之後顯得更加清晰。

如果現在有誰能幫助我的話——

我的兩手指尖用力抓著地面，一邊盡量想讓身體往前移動，一邊在心裡這麼祈求著。

我願意付出任何代價來換取讓我現在能站起來的力量。即使是付出生命、靈魂也在所不惜。只要能讓我砍倒那個男人，讓亞絲娜回到應該回去的地方，無論是厲鬼還是惡魔我都願意跟他簽訂契約。

這時須鄉用兩手摸著亞絲娜的手臂與纖足。每當他的手移動就會有邪惡的電子脈衝波強制性刺激亞絲娜的感官，但她只能死命咬著嘴唇來忍耐這種侮辱。

看見她這種模樣之後，我感覺整個腦袋被完全燒焦。憤怒與絕望的火焰吞噬著我的身體，思考迴路也整個變成灰燼。當它變成像骨頭色乾枯的塊狀物時，我就無法思考。也不用再思考了。

我原本認為只要有一把劍就可以做到任何事情。因為我是站在一萬名劍士頂點的英雄。因為我是打倒魔王，拯救世界的勇者。

由企業根據行銷理論所建構起來的假想世界，說到底也不過只是一款遊戲，但我卻錯把它當成另一個現實世界，錯認在那裡面鍛鍊出來的能力就是真正的實力。從ＳＡＯ世界裡被解放——或者說是被放逐而回到現實世界之後，我不是對自己貧弱的肉體感到失望了嗎？心裡某個地方還想回到那個自己才是最強勇者的世界去不是嗎？

所以我這笨蛋才會在知道亞絲娜靈魂被關在新的遊戲世界裡時，自認為可以靠自己的力量救她出來。結果放棄了求助於真正有力量的大人這個正確選項，自己不知死活地跑到遊戲裡面。但其實這一切只是為了再度取回幻想中的能力，超越其他玩家來滿足自己那醜惡的自尊心而已吧？

所以這種結果——根本是我應該嘗到的報應。是啊，我只是個因為得到某人給予的力量便歡欣鼓舞的孩子。但事實上根本連名為系統管理權的ＩＤ都無法打倒。在這裡面能夠輕易獲得的，就只有悔恨這種感覺而已。如果不想再悔恨，那就連思考都放棄吧。

「你要逃避嗎？」

——不是的，我只是認清現實而已。

「你要屈服於過去曾否定過的系統力量嗎？」

——那有什麼辦法。我只是玩家而他是系統管理者啊。

「你這發言已經辱沒了那場戰鬥。那場讓我得知人類的意志力能凌駕系統，讓我領悟未來可能性的戰鬥。」

——戰鬥？那根本沒有意義。單純只是數字的增減而已吧？

「你應該知道不只是那樣而已。來，站起來吧。站起來拿著你的劍。」

「——站起來啊，桐人！」

那道聲音像雷鳴般響起，接著又像閃電般貫穿我的意志。

原本已經逐漸遠去的感覺瞬間像重新連線般全回來了。我立刻用力睜開雙眼。

「嗚……哦……」

由喉嚨深處發出沙啞的聲音。

「哦……哦哦哦……」

咬緊牙根，發出像瀕死野獸般的吼聲後，我將右手撐在地面上並且立起手肘。

當我準備撐起身體時，貫穿背部中央的劍卻還是重重壓在我身上。

——怎麼能這麼狼狽地趴在這種東西下面呢。我絕不允許自己屈服在這種沒有靈魂的攻擊之下。在那個世界裡承受過的所有刀刃都比它還沉重且疼痛。

「嗚……咕……哦哦！」

我配合簡短的咆哮，用盡身體裡所有的力量讓身體撐了起來。劍在發出「喀嘰」的鈍重聲後離開了地板，並且由我背後脫落掉到地面上。

須鄉先是呆呆看著搖搖晃晃站起身的我。但他馬上就皺著眉頭並將手從亞絲娜身上移開，用像演戲般的動作聳了聳肩膀。

「哎呀哎呀，我明明都已經固定物體的座標了，難道是有什麼Bug存在嗎？營運小組那群沒用的傢伙……」

他一邊碎碎唸一邊走到我眼前，舉起右拳準備將我揍飛。

但我卻伸出左手在空中抓住他的拳頭。

「唷……？」

我一邊瞧著須鄉再度出現的納悶表情，一邊張開嘴巴。直接重複了一遍在腦海裡響起的一連串話語。

「系統登入。ＩＤ『希茲克利夫』。密碼……」

當我說完整串複雜的英文與數字之後，包圍我的重力便消失了。

「什……什麼？那ＩＤ是怎麼回事？」

須鄉露出牙齒驚訝地大喊後，甩開我的手往後飛退，並且將左手往正下方揮去。藍色系統視窗馬上就出現在他眼前。

但是在他手指有所動作之前，我已經先發出聲音指令。

「系統指令，管理者權限變更。將ＩＤ『奧伯龍』變成等級１。」

須鄉手底下的視窗瞬間消失了。他瞪大了眼睛，視線在空無一物的空間與我之間來回了好幾次後，很不高興地又揮了一下左手。

但什麼事情都沒發生。給予須鄉精靈王能力的魔法捲軸已經不會再出現了。

「比……比我還高階的ＩＤ……？怎麼可能……怎麼可能……我是支配者……創造者……是這個世界的帝王……神……」

這時須鄉發出類似將測試音效快轉好幾倍的尖銳聲響。我一邊看著他那整個垮下來的美貌一邊開口說：

「不是吧？這個世界和居民都是你偷來的。你只是在偷來的寶座上唱獨角戲的盜賊國王。」

「你……你這小鬼……敢對我說這種話……你一定會後悔……看我把你的頭砍下來當裝飾品……」

須鄉對我伸出像鉤子般彎曲的食指並用尖銳的聲音說：

「系統指令！生成物體ＩＤ『斷鋼聖劍』！」

但是系統已經不再對須鄉的聲音有反應了。

「系統指令！這爛東西聽不懂我說的話嗎！這……這是神的命令啊！」

我將視線從狂吼的須鄉身上移開，往被吊起來的亞絲娜看去。

這時她被須鄉粗暴撕破的洋裝已經變成像是蓋在身上的破布一樣。她除了髮絲凌亂之外，臉頰上也還留著些許淚痕。但亞絲娜的眼神仍然充滿光輝。她的靈魂沒有因此而受挫。

——我馬上就會結束這一切。再忍耐一下。

我凝視著亞絲娜深褐色的眼睛，在心裡如此呢喃道。亞絲娜以細微但很確實的動作點了點頭。

看見亞絲娜遭受凌虐的模樣後，讓我內心再次噴起一道新的怒火。我稍微抬起視線並開口說道：

「系統指令，生成物體ＩＤ『斷鋼聖劍』。」

我眼前空間立刻產生扭曲，微小數字列以猛烈的速度流入並形成一把劍的模樣。劍慢慢從尖端開始出現色澤與質感。那是一把劍身閃著金色光芒，上面還有美麗裝飾的長劍。這無疑與那把被封印在幽茲海姆中心部迷宮尖端的武器完全相同。但眾多玩家夢寐以求的最強之劍，卻只要一個指令就能夠出現，這讓我有種無法言喻的不快感。

我抓起劍柄，將它丟給瞪大眼睛的須鄉。看見他以笨拙的動作接住劍之後，我便輕輕抬起左腳。

往地板上愛劍的劍柄用力一踩之後，劍立刻隨著聲響一邊旋轉一邊垂直飛了上來。我接著便用右手對準帶著暗沉鋼鐵光芒的劍柄橫掃過去。一陣沉重的聲音過後，劍已經握在我的手裡了。

將樸質的黑鐵色大劍對準須鄉之後，我開口說道：

「該是盜賊之王與鍍金勇者一決勝負的時刻了……系統指令，將疼痛緩和裝置降到0級。」

「什……什麼……？」

聽見將假想痛楚界限完全解除的指令後，拿著黃金之劍的妖精王臉上出現了動搖的表情。他開始往後退了一兩步。

「別想逃。那個男人──茅場晶彥在面對任何場面時可都是絕不退縮的啊！」

「茅……茅場……」

一聽見這個名字，須鄉的臉馬上就整個扭曲了起來。

「茅場……希茲克利夫……是你嗎？又是你在妨礙我嗎！」

須鄉將右手的劍高舉起來，用異常尖銳的聲音大喊著：

「你已經死了吧！屍骨無存了吧！那為什麼連死了都要阻礙我！你總是這樣……老是喜歡與我做對！臉上一直都掛著那種一切都了然於心的表情……然後從旁奪走所有我想要的事物！」

他忽然用劍對我刺來，然後嘴裡又叫道：

「像你這種小鬼……又知道些什麼！你能了解……在那傢伙底下工作、跟那傢伙競爭有多痛苦嗎？」

「我知道。因為我也輸給那個男人並且變成他的手下。但我和你不同——我從沒想過要取代他。」

「小鬼……你這小鬼……死小鬼啊啊啊啊！」

須鄉隨著沙啞的悲鳴向前衝過來並對我揮下手裡的劍。當他來到劍的攻擊範圍裡面時，我用右手上的劍輕輕橫向一掃，劍尖便稍微劃過精靈王光滑的臉頰。

「好燙！」

須鄉高聲叫著並且用左手按住臉頰，最後整個人向後飛退。

「咿……啊啊啊……！」

他瞪大眼睛發出悲鳴的身影讓我更加怒火中燒。一想到亞絲娜被這種男人關住，還讓他虐待了兩個月，我就再也壓抑不住自己的憤怒。

我用力踏出一步，將劍由正面砍下。須鄉反射性抬起來的右手被我一擊砍斷，黃金劍連著手腕一起高高飛向深黑色的遠方並就此消失不見。不久後遠處傳來清澈的物體落地聲。

「啊啊啊啊啊啊啊！手……我的手啊啊啊啊啊啊！」

雖然只是模擬的電子訊號，但現在彷若真實的痛楚感應該正襲擊著須鄉吧。不過我當然不可能這樣就饒過他。這只是一點小懲罰而已。

須鄉這時抱著右手發出了呻吟，但我又用力往他那穿著綠色長袍的身體橫砍了下去。

「咕哇啊啊啊啊！」

他濃纖合度的身體被我從腹部切成兩段後，掉在地面上發出沉重的聲音。他的下半身馬上就被白色火焰包圍並且變成灰燼。

我用左手抓起須鄉滿頭的金髮然後把他拉了起來。他那瞪到不能再大的眼睛裡流著眼淚，嘴巴一邊開合一邊持續發出須鄉那種金屬般的尖銳悲鳴。

但他這種模樣只會讓我感到異常厭惡。我一揮左手便將須鄉的上半身垂直丟了上去。

我兩手握住大劍，一個轉身擺出準備突刺的姿勢。接著便朝著邊發出刺耳悲鳴邊落下來的物體——

「……嗚哦！」

全力將劍刺了出去。「喀嗞」一聲後，劍身直接由須鄉右眼處深深刺入並且貫穿他整個腦袋。

「嘰啊啊啊啊啊啊啊！」

像是好幾千顆生鏽齒輪同時轉動的刺耳悲鳴聲響徹了整個黑暗世界。須鄉被劍分割成左右兩邊的右眼裡噴出濃稠白色火焰，而火焰一下子便由頭部擴散到整個上半身。

在完全溶解、燒盡前的幾秒鐘裡，須鄉一直持續吼叫著。最後那道聲音逐漸遠去，然後徹底消失。當世界完全回歸平靜時，我左右揮動手裡的劍將白色殘存之火吹散。

用劍輕輕掃過之後，禁錮亞絲娜的兩條鎖鏈便完全斷裂並消失無蹤。我把任務結束的劍往地板上一扔後馬上就抱起全身無力的亞絲娜。

這時支撐著我的能源也同時用盡，我當場跪了下來，凝視著懷裡的亞絲娜。

「……嗚……」

無可宣洩的感情洪流變成淚水由我眼裡溢出。我抱緊亞絲娜嬌小的身體，將臉埋在她的髮絲裡後開始哭泣。我說不出任何話來，只是任由自己不斷流著眼淚。

「我相信你會來的——」

亞絲娜透明的聲音在我耳邊響起。

「……嗯嗯，一直以來我都相信你……今後也是一樣。你是我的英雄……無論什麼時候都會來救我……」

她說完後用手靜靜撫摸我的頭髮。

——不是的。我……我真的沒有任何能力……

但我在用力吸了口氣之後，還是用顫抖的聲音這麼說道：

「……我會努力達成妳的期望。來……我們回去吧……」

我一揮動左手，馬上就出現跟平常不同的複雜系統視窗。直覺性地掠過數個階層並移動視窗，直到顯示轉送相關的選單才停下指頭。

我凝視著亞絲娜的眼睛，開口對她說：

「現實世界裡應該是晚上了。但我馬上就會到妳的病房去。」

「嗯，我等你。我想醒過來見到的第一個人就是桐人。」

亞絲娜輕輕微笑著。她用清澈如泉水般的視線看著遠處，接著開口說道：

「啊啊……終於要結束了。我要回到那個世界去了……」

「是啊。外面世界變化很大，一定會讓妳嚇一大跳的。」

「呵呵。我們要一起到各地去玩，然後還要一起經歷各種事情唷！」

「嗯嗯。那是當然——」

我用力點了點頭並用力抱了一下亞絲娜，然後才移動自己的右手碰了一下登出按鈕。最後用目標待機狀態下發出藍光的指尖輕拭去亞絲娜臉頰上的淚水。

這時亞絲娜潔白的身體被一片鮮豔藍光給包圍住。接著一點一點像水晶般變得透明。最後光之粒子在空中飛舞，她也從腳尖、指尖開始消失。

我用力抱著亞絲娜，直到她完全從這個世界裡消失為止。當手臂當中的重量感終於完全消失時，我便一個人被留在黑暗當中。

我就保持著這樣的姿勢在黑暗裡蹲了好一陣子。

雖然所有的事情似乎都已經結束，但又有種某件重大事件仍未完結的不確定感。由茅場的夢想與須鄉的慾望所引起的事件——真的就此結束了嗎？還是說這還只是巨大變革的一部分而已？

我鞭策著自己耗盡能源的身體，好不容易才站起身來。看著頭上被一片黑暗包圍住的世界深處，開口說了句：

「你在這裡對吧——希茲克利夫……」

經過一陣子寂靜之後，那道剛才在我意識中響起的厚重聲音再度出現。

「久違了，桐人。雖然對我來說——那個日子似乎是昨天才發生過一般。」

這道聲音與剛才不同，感覺上似乎是由某個遙遠的地方傳過來。

「——你還活著嗎？」

簡短問完後，對方沉默了一陣子才回答道：

「可以這麼說，但也不能這麼說。我只是——茅場晶彥這個意識的迴音與殘影。」

「你這人還是喜歡說些難懂的事。總之我要先向你道謝——不過反正都要救了，你怎麼就不早一點行動呢？」

「…………」

感覺得出對方正在苦笑。

「那真是抱歉了。這個分散保存在系統裡的程式是在剛剛——也就是聽見你的聲音時才完成結合‧覺醒的。而且你根本不用向我道謝。」

「……為什麼？」

「我們兩人的交情還沒好到讓我完全不求回報吧。當然我一定會向你收取代價的。」

這次則換成我露出苦笑。

「那你要我做什麼？」

結果從遙遠的黑暗當中——落下某樣銀色的物體。我伸出自己的手，接著該物體便在發出輕微聲響後落進我的手裡。那是顆小小的蛋型結晶體。內部還有微弱光芒閃爍著。

「這是？」

「那是世界的種子。」

「——什麼？」

「等它發芽之後，你便會知道它是什麼東西。接著該怎麼做就交給你來判斷了。要把它刪除並加以遺忘也無所謂……但是如果你對那個世界還存有憎恨以外的感情……」

這時聲音中斷了。經過短暫沉默後，只有一道冷淡的告別降了下來。

「——那麼我要走了。有機會再見吧，桐人……」

接著他的氣息便忽然消失了。

我雖然覺得奇怪，但還是先把發光的蛋型結晶收進胸前口袋。思考了一陣子後，忽然抬起臉來叫著：

「——結衣，妳在嗎？妳不要緊吧？」

我才剛開口，黑暗世界便開了一道裂縫。

由裂縫外射進來的橘色光線撕裂整個黑暗空間，同一時間還有風吹起，在不知不覺間黑暗消失了。過於刺眼的光線讓我瞬間閉上眼睛，慢慢張開後才發現自己依然還是在鳥籠裡。

正前方馬上就要下沉的巨大夕陽散發出最後的光芒。但我只聽見風聲而沒看見任何人影。

「——結衣？」

又叫了一聲之後，眼前的空間出現濃縮的光芒，接著砰一聲黑髮少女現身了。

「爸爸！」

她叫了一聲之後撲了過來緊緊抱住我的脖子。

「妳沒事嗎。那真是太好了……」

「嗯……由於所在位置突然被鎖定，所以我便躲到NERvGear的私人用記憶體裡面去了。但我再度連線回來時，爸爸和媽媽都已經不在了……我真的好擔心。媽媽她呢……？」

「嗯嗯，她回現實世界去了……」

「這樣啊……那真是太好了……」

結衣閉上眼睛，把臉頰放在我胸前來回摩擦著。她的臉上露出些微寂寞的表情，我默默地摸著她的長髮。

「──我們馬上就會再見面的。不過……這個世界之後不知道會怎麼樣……」

我低聲說完後，結衣便笑著對我說：

「我的主程式不在這裡，而是在爸爸的NERvGear裡面。我會一直和爸爸在一起。咦──但有點奇怪耶……」

「怎麼了嗎？」

「好像有一個很大的檔案被傳送到NERvGear的儲存器裡面了。看來不是會主動發揮效用的程式就是了……」

「這樣啊……」

我雖然覺得奇怪，但還是先把這個疑問拋到腦後。因為現在還有更重要的事情等著我去做。

「——那我也要登出去接媽媽了。」

「好的。爸爸——我最喜歡你了。」

結衣眼裡含著淚水，說完之後用力抱緊我。我一邊摸著她的頭，一邊揮動右手。

我停下準備要按下登出鍵的手指，再度眺望著這整片染上夕陽顏色的世界。這個被冒牌國王所治理的世界今後究竟會變成什麼樣子呢。一想到深愛著這個世界的莉法以及其他玩家，我的胸口便感到一陣刺痛。

輕吻了一下結衣的臉頰之後，我用力按下登出鍵。呈放射狀的光芒在眼前擴散並包圍我的意識，接著將我帶往高處的天際。

邊感覺腦袋深處浮現的那股疲勞感邊睜開眼睛後，我隨即看見直葉的臉出現在眼前。她一臉擔心地凝視著我，但眼神與我相對之後便急忙撐起身體來。

「抱、抱歉，隨便跑進你的房間。因為你這麼久都沒醒過來，我是擔心才……」

直葉坐在床沿，臉頰微紅地這麼說道。從時差所造成的遲鈍當中恢復過來後，我在四肢上灌注力道，接著用力撐起上半身。

「抱歉，回來得太晚了。」

「……全部結束了嗎？」

「──嗯嗯。一切都結束了……」

我一邊看著空中一邊如此回答。至於差點再度成為假想世界的俘虜，而且這次將被關進沒有完全攻略事件的牢獄當中這些事，我實在沒辦法對直葉開口。雖然總有一天會全部告訴她，但目前我不想再讓她擔心了。我這唯一的妹妹已經幫了我太多的忙，實在不知道該怎麼感謝她才好。

自從在深夜的森林裡遇見那名綠色頭髮的女孩，我的新冒險便開始了──漫長的旅途當中都是她陪在我的身邊。她不但替我帶路、告訴我遊戲裡的種種情報，還以她的劍守護著我。而且全是靠她的介紹我才能認識兩位領主，如果最後不是那群知己幫忙，我一定不可能突破那些守護騎士的防禦。

回想起來，我真是受到了許多人的幫助。而最先幫助我的，當然就是眼前這名少女了。身為桐人時有莉法，變回和人時又有直葉幫助、支持著我，但在這段期間內她小小的肩膀上卻背負著深刻的煩惱──

我再度凝視著直葉那同時有著男孩子般耀眼活力與剛發芽嫩葉般脆弱的臉龐。直葉這時有些不好意思的笑了起來，我則伸出手一邊靜靜撫摸著她的頭一邊說：

「真的——真的很感謝妳，小直。如果沒有妳，我就什麼都辦不到了。」

直葉滿臉通紅地低下頭去，忸忸怩怩了一陣子之後才像下定決心般往前走了幾步，將她的臉頰靠在我胸前。

「別這麼說……我真的很高興能夠在哥哥的世界裡幫上哥哥的忙。」

直葉閉著眼睛如此低聲說道。這時我將右手繞到她身後，接著輕輕抱了她一下。

鬆開手之後直葉便抬頭看著我說：

「那……你已經救回亞絲娜小姐了吧……」

「嗯嗯。她終於——終於回到這個世界來了。小直……我……」

「嗯，你快過去吧，她一定也在等著哥哥。」

「抱歉。詳細情形等我回來再跟妳說。」

我將手砰一聲放在直葉頭上接著站起身來。

我以破紀錄的速度做好準備，抓起羽毛外套站在走廊上後，發現外面已經完全暗下來了。客廳那頗有歷史的壁鐘顯示還差一點就要九點。雖然醫院的會客時間早已經結束，但現在是緊急狀況。我想只要向護士站裡值班的護士說明清楚，她們應該會讓我進去才對。

這時候直葉急忙跑了過來，說了句「這是我做的」後便塞了一份厚厚的三明治在我手裡。懷著感謝的心情接下來後將它咬在嘴裡後，我拉開玻璃門便來到庭院。

「好、好冷……」

直葉因為透過外套的冷空氣而縮起脖子，接著抬頭看著天空說：

「啊……下雪了……」

「咦……」

確實正有兩、三片巨大雪片帶著白色光輝飄了下來。雖然一瞬間考慮要叫計程車，但一想到除了要叫車之外還得走到幹線道路去等車子過來，就覺得直接騎腳踏車衝過去應該會比較快些。

「騎車小心哦。幫我向亞絲娜小姐打聲招呼……」

「嗯嗯。下次一定介紹妳和她認識。」

我對直葉揮了揮手後跨上登山腳踏車，直接踩起踏板。

自行車以幾乎讓腦袋變成一片空白的速度向前奔馳，開始縱貫整個埼玉縣南部。雖然雪越下越大，但路面還不至於有積雪，而且交通流量因此減少反而讓我覺得相當幸運。

雖然想盡快到達亞絲娜的病房——但另一方面自己也害怕再度去到那個地方。這兩個月以來，當我每隔一天到那個房間去時，就會有一種非常、非常失望的感覺。在病房當中沉睡的亞絲娜，讓人十分擔心她會不會就此變成冰冷的雕像。但即使如此我也還是握著她的手，就算知道她聽不見也仍然不斷呼喚著她。

當我再度奔馳在這條已經連何處有凹陷都一清二楚的路面上時，忽然感覺在精靈國度發現亞絲娜、打倒冒牌國王並將她解救出來等等全都只是自己的幻覺。

如果我在幾分鐘後到達病房，而亞絲娜並沒有醒過來的話……

她的靈魂已經不在阿爾普海姆裡，但也沒回到現實世界來——再度消失在不知名場所的話……

這時一股強烈的冷冽穿透我的背部，但我知道這不是因為暗夜中打在臉上的雪片所造成。

不，不會這樣的。控制著這個現實世界的系統應該不至於會如此殘酷才對。

我就這麼抱持著複雜的思緒不斷踩著踏板。在寬敞的幹線道路右轉後，開始進入丘陵地帶。胎面上有高隆起顆粒的登山車輪胎跑與蒙上一層冰沙狀薄雪的柏油路面互相咬合，接著向後轉去，讓車體的速度更為加快。

不久後前方終於出現巨大建築物的黑影。該建築物裡幾乎見不到燈光，只有屋頂上直升機停機場前的藍色誘導燈像點綴暗黑之城的鬼火般閃爍著。

爬上最後的坡道後，眼前可以見到高高的鐵柵欄。沿著柵欄又騎了數十秒鐘，兩旁由高大門柱所守衛的正面大門便出現在我眼前。

由於這裡是不接收急診的高級醫療專門機構，所以這個時間早已是大門緊閉，連警衛室裡也沒有任何人了。我經過大門直接來到休息區之後，利用開放給職員使用的小門進到醫院腹地裡。

在停車場角落停下自行車，懶得上鎖的我便直接跑了起來。在水晶鹽燈朦朧的橘色燈光照耀下，停車場裡見不到任何人影。這裡只有大片雪花無聲地由天空落下，將整片世界染成白色。我一邊跑一邊隨著急促的呼吸吐出一大片水蒸氣。

當我跑過這個寬廣的停車場一半，準備穿過一台高大的箱型車與白色房車之間時……從箱型車後面迅速衝出來的人影差點就跟我撞在一起。

「啊……」

一邊道歉一邊準備閃躲的我，眼裡忽然看見——

一道刺眼的金屬光輝閃過我面前。

「——！」

接著我的右腕，手肘稍微下面一點的地方馬上產生一股刺痛的熱辣感，同時也有大量白色物體飛散。但那些白色物體不是雪花，而是細微的羽毛。是我羽毛外套裡面的保暖材料。

一個踉蹌之後，原本已經快撞上白色房車後車箱的我好不容易才又站穩腳步。

直到目前為止我都還無法了解究竟發生什麼事，只能啞然凝視著站在離我兩公尺遠左右的黑色人影。那是一名穿著近似黑色西裝的男性。他右手裡還拿著某樣細長的白色物體。而白色物體在受到橘色光線照射之後發出了厚重的光芒。

那是一把刀。一把大型的藍波刀。但為什麼這種東西會出現在這裡呢。

我感覺到在箱型車陰影之下的男人正凝視著我凍僵的臉。男人開始牽動嘴角，接著馬上有一道類似呢喃的沙啞聲音響起。

「太慢了吧，桐人小弟。我要是感冒了怎麼辦。」

這聲音是……這種尖銳又濃稠的聲音是……

「須……須鄉……」

男人在我呆呆叫出這個名字的同時也向前走了一步。水晶鹽燈放射出來的光線照出他的臉龐。

他幾天前見面時還整理得相當整齊的頭髮現在是一片零亂。尖銳的下巴上長著鬍渣，幾乎完全解開的領帶只是單純地掛在脖子上而已。

另外——金屬框眼鏡下方的異樣視線正緊盯著我看。但我馬上就知道他的視線之所以會那麼奇怪的理由了。他原本細小的眼睛這時撐大到極限，在暗夜當中擴散的左邊瞳孔雖然稍微在震動，但右側瞳孔卻完全處於縮小狀態。而那正是我在世界樹上貫穿他頭部的地方。

「你還真是殘忍啊，桐人小弟。」

須鄉以沙啞的聲音說道。

「疼痛感到現在還沒消失呢。不過這有很多特效藥，所以沒關係……」

他將右手伸進西裝口袋，抓出幾顆膠囊之後丟進嘴裡。須鄉一邊發出咀嚼的聲音一邊又往前走了一步。我好不容易才從衝擊當中恢復過來，拚命動著乾枯的嘴唇說：

「──須鄉，你已經完了。你以為你能湮滅那麼龐大的證據嗎？你就乖乖接受法律的制裁吧。」

「完了？什麼完了？我可還沒玩完啊。不過RECT已經不能再待下去了。我會到美國去的，那裡可是有一大票企業想雇用我呢。我手裡還有至今為止累積起來的龐大實驗檔案。只要使用那些檔案讓研究完成，我就能成為真正的王、真正的神──我將在現實世界裡成為神。」

──這人已經瘋了。不對，應該說這男人從很早以前就壞掉了。

「不過在那之前還有幾件事情得先完成。我就先從把你殺掉這件事開始吧，桐人小弟。」

須鄉表情毫無變化地碎碎念完之後，馬上又快步向我靠近。他右手上的藍波刀直接對準我腹部刺了過來。

「……！」

我為了躲開他的攻擊而用右腳在柏油路上一踢。但可能是鞋底上雪花的緣故吧，我因此而滑了一大跤並失去平衡，整個人跌倒在停車場的地面上。當身體左側猛烈撞擊地面的同時，我整個人也無法呼吸。

須鄉將失去焦點的瞳孔朝下看著我。

「喂，站起來啊！」

須鄉接著便用力朝我踹了下去。他那看來很昂貴的皮鞋尖端直接深陷入我的大腿。被踢了兩、三下之後，一股灼熱疼痛感閃過我的脊髓直達頭部。接著衝擊也傳達到右手腕，一股強烈的刺痛感油然生起。這時候我才注意到被切開的不只是夾克，我的手腕也受傷了。

倒在地上的我根本無法動彈。而且也發不出任何聲音。須鄉手裡的藍波刀——刀刃應該超越二十公分長吧，那把為了殺害人而存在的道具散發出沉重壓力，讓我整個人都僵住了。

他要用——那把刀——殺了我——？

片段性的思考閃過腦部接著消失。厚厚的刀刃無聲地侵入我的身體，然後給予我致命性——也就是奪走生命力的傷害。我除了不斷想像著那個瞬間之外就沒辦法做任何事情了。

右腕上的疼痛變成麻痺般的熱辣感。此時由外套的袖口以及冬用手套的隙縫裡流出幾滴黑色液體。感覺血液似乎正永無止盡地由我體內流出。這一刻死亡不再是由ＨＰ條上的數值來表示，而是以最真實的模樣呈現在我面前。

「來，站起來。快站起來啊。」

須鄉以機械式動作重複又踢又踹了我的腳好幾次。

「你這傢伙在那個世界裡面是怎麼對我說的。別想逃？別像個膽小鬼？要決一勝負？你就是那麼不可一世地對我說的對吧？」

這時須鄉的說話聲與在那個黑暗空間裡一樣都帶有瘋狂的色彩。

「你到底懂不懂啊？像你這種只會玩遊戲的小鬼其實一點用都沒有。根本可以說是劣等垃圾。竟然還敢跑來扯我的後腿……所以你應當以死來對我謝罪。除了死亡之外就沒有別的下場了。」

以毫無抑揚頓挫的聲音碎碎念完之後，須鄉便把左腳放在我腹部上，接著把重心往下移。這種物理上的重壓與他所散發出來的瘋狂壓力讓我感到窒息。

我不斷重複著短淺又急促的呼吸，然後看著須鄉不斷靠近的臉孔。彎下身體的須鄉高舉起右手裡的凶器。

他毫不猶豫地就把刀刺了下來。

「嗚————」

當我由喉嚨裡露出類似痙攣的聲音時——

藍波刀尖端也同時隨著鈍重的金屬聲擦過我臉頰並深深刺入柏油路面裡。

「咦……右眼還有點模糊所以瞄不太準啊！」

須鄉嘴裡這麼念著，接著再度高舉起右手。

水晶鹽燈的照明滑過刀子尖端，在黑暗當中畫出一道橘色軌跡。

可能是剛才插進堅硬的路面裡吧，刀子切面前端出現了一點點缺口。但這樣的瑕疵更讓人強烈感覺到這把刀子無論是在現實或物理上都是貨真價實的凶器。它不是由多邊形所組成，而是由緊密的金屬分子濃縮而成。它沉重、冰冷，且帶有真正的殺傷力。

黑色天空中飛舞的雪片、由須鄉扭曲的嘴裡吐出來的白色氣息、對我降下來的刀子、在刀背鋸齒狀凹陷上一邊閃爍一邊移動的橘色反射光，這一切事物似乎都放慢了動作。

話說回來，我好像看過這種鋸齒狀的武器啊……

幾乎已經停止的思考表層這時流過無意義的記憶片段。

那是什麼呢。對了，是在艾恩葛朗特中層街上販賣的短刀系道具。它的名字應該是叫做「長劍破壞者」吧。只要利用它刀背上鋸齒狀部分來防禦敵人的劍，就會有很低的機率能破壞敵人的武器。由於我覺得很有趣，所以就把短劍技能放進技能格子裡用了一陣子，但因為基本攻擊力實在太低而沒辦法獲得理想的戰果。

現在須鄉手裡握著的武器比它還要更小。甚至連短刀都稱不上。不——這種東西甚至進不了武器的範疇。它只是日常生活中使用的道具而已。根本不是劍士拿來戰鬥用的武器。

耳朵深處又響起須鄉數秒前說過的話。

你根本一點用都沒有——

他說的完全正確……不用他講我也很清楚。但這麼一來準備殺掉我的你又算什麼呢，須鄉。你是刀術達人嗎？還是精通於武術呢？

我凝視須鄉眼鏡深處那對充血的小眼睛，裡面除了興奮與瘋狂之外就沒有任何感情。那是雙膽小鬼的眼睛。在迷宮裡被大量怪物圍住，陷入九死一生的危機時，為了逃避現實而狂暴揮著劍的人就有這種眼神。

這傢伙也跟我一樣。一直想要得到力量，但因為無法如願以償而不斷狼狽的掙扎著。

「……去死吧，小鬼！」

須鄉的吼叫聲將我的意識由減速世界裡拉了回來。

我的左手像是被吸過去般往上抬，直接抓住了須鄉揮下來的右手手腕。我同時伸出右手，用大拇指戳進須鄉鬆開的領帶與喉嚨凹陷處之間。

「咕嗚！」

一道東西被壓扁的聲音響起，接著須鄉便整個人向後仰去。我轉過身體，用兩手抓住須鄉的右腕，然後全力將他的手朝結凍的柏油路面擦了下去。他的手隨著悲鳴而鬆開，刀子跟著也掉到路面上。

須鄉一邊發出宛若笛子般尖銳且沙啞的怒吼，一邊準備朝刀子飛撲過去。我彎曲右腳，用鞋底直接往他下顎踢去。接著更一把抓起刀子，利用反作用力站了起來。

「須鄉……」

由喉嚨裡流洩出連我自己也意想不到的破碎聲音。

我透過右手的手套，感覺藍波刀又硬又冷的存在感。它作為武器來說實在太過於單薄了。除了重量不足之外，攻擊範圍也相當短。

「但是用來殺你已經是綽綽有餘了。」

低聲說完後，我便猛然朝坐在地上呆呆看著我的須鄉撲了過去。

左手一把抓起他的頭髮，將他的頭推倒在箱型車車門上。鋁製車身隨著沉重聲響出現了凹陷，須鄉的眼鏡也整個飛了出去。這時他張大了嘴巴說不出話來。而我則朝著他的喉嚨奮力舉起右手上的刀子——

「咕嗚……嗚嗚……」

但我就此停止手腕的動作，用力咬緊牙關忍耐著。

「咿咿咿！咿～～！咿～～！」

須鄉再度發出數十分鐘前曾在那個世界裡叫喊過的尖銳悲鳴。

這男人根本死不足惜。他本來就應該接受制裁。只要我現在揮下右手，就能夠確實結束一切。決定真正的勝利者與失敗者。

但是——

我已經不是劍士了。靠劍技來決定一切的那個世界早已隨風遠去。

「咿咿咿咿咿咿……」

須鄉忽然翻起白眼。他的悲鳴就此中斷，全身像失去電力的機械般攤成一團。

而我的手也在這時候失去了力量。藍波刀從我手上滑落到須鄉肚子上。

放開左手後我撐起了身體。

再繼續看著這個男人的話，我內心的殺意將會再度沸騰，而我這次將再也無法抑制自己。

我拉起須鄉的領帶，把他的身體滾到路面，將其雙手繞到身後然後綁住。至於藍波刀則是一把拋到箱型車車頂。完成這些事後我才努力將搖晃的身體向後轉去，拖著腳一步一步在停車場裡走了起來。

光是爬上寬廣的階梯來到正面入口就花了我五分鐘的時間。我停下來深深吸了一口氣，低頭看著總算比較聽話的身體。

只見我身上沾滿了雪與泥土，看起來真可以說是相當狼狽。被刀子割傷的右腕與臉頰雖然疼痛，但是血似乎已經止住了。

我雖然已經站在自動門前，但門卻沒有要打開的樣子。透過玻璃往裡面看去，發現主大廳的燈光已經關上，但更裡面的櫃檯還有燈亮著。看了一下周圍環境後，我發現左手邊深處有一扇旋轉門，幸好一推之下門就打開了。

建築物裡是一片寂靜。寬敞的大廳裡相當整齊的橫排著許多板凳。櫃檯裡面雖然沒有人，但從深處的護士站裡有談笑聲傳了出來。我一邊祈禱自己能好好發出聲音一邊開口說：

「那個……有人在嗎！」

我說完話的數秒鐘後，護士站的門打了開來，並有兩名穿著淡綠色制服的女性護士出現。兩人臉上原本帶著懷疑的表情，但在見到我的模樣後馬上就變成一臉驚訝。

「——發生什麼事了嗎？」

身材較高，把頭髮整個盤起來的年輕護士高聲問道。看來我臉頰的出血比想像中還來的嚴重。我用手指著入口方向然後說：

「我在停車場被一名拿著刀子的男性襲擊了。他目前昏倒在白色箱型車後面。」

兩人臉上出現緊張的神情。年紀較大的護士操縱櫃檯內側的機械，接著將小麥克風拉近臉部。

「警衛先生請馬上到一樓護士站來。」

正在巡邏的警衛似乎就在附近，馬上就有一名穿著深藍色制服的男性隨著腳步聲跑了過來。聽完護士小姐的說明之後，警衛臉上也出現嚴肅的表情。他對著小型對講機交代了一些事情，然後便朝著入口走去。年輕的護士則是跟在他後面一起離開。

留下來的護士仔細檢查過我臉頰的傷口後才對我說：

「你是十二樓結城小姐的家人吧？只有這裡受傷而已嗎？」

雖然與事實有些不符，但我已經沒有訂正的力氣，於是便點了點頭。

「這樣啊。我馬上請醫生過來，你在這裡等一下。」

說才剛說完她便跑走了。

我大大呼了一口氣，開始看起周圍環境。確認過附近沒有任何人之後，我探身到櫃檯裡面，從裡頭抓起一張訪客用通行證。我拚命用顫抖的雙腳朝著護士離開的相反方向，也就是我已經來過許多次的住院病房通道走去。

電梯剛好就停在一樓。按下按鈕後，電梯門隨著低沉鈴聲打了開來。我將身體靠在電梯內部的牆上，按下最上層的按鈕。雖然醫院電梯上升速度已經算是緩慢，但僅是這樣的負荷就足以讓我膝蓋快要跪下去。我只有死命撐著自己的身體。

在我幾乎要失去意識的幾秒鐘後，電梯終於停止並打開門，我連滾帶爬地來到通道上。

距離亞絲娜病房的短短幾十公尺距離，對我來說就有如無限般地遙遠。我將手放在牆上的扶手好支撐住快要倒下的身體，然後就這樣慢慢往前進。在L字型通道往左轉後——那一扇白色的門終於出現在我眼前。

我一步一步慢慢向前走。

那個時候也像現在一樣——

被包圍在夕陽裡的假想世界結束之後我回到了現實世界，在另外一間醫院裡醒過來的那一天，我也是這樣拖著萎縮的雙腳，奮力走著。為了尋找亞絲娜而不斷向前走著。當時那條通道一定就是連接到這裡。

我終於能見到她了。這一刻終於來臨了。

隨著距離越來越短，充塞在我心裡的各種感情也劇烈地高揚了起來。除了呼吸急促之外，視線也開始逐漸模糊。但我不能在這裡倒下。我為了繼續前進而不斷邁出腳步。

沒注意到自己已經來到門前，在幾乎快要撞上門時才趕緊停下腳步。

心裡只有一個想法。那就是——亞絲娜就在這道門後面。

當我抬起顫抖的右手時，因為汗水而讓手上的通行證滑落到地面上。將證件撿起來後，這次終於確實把它插進金屬門牌上的隙縫裡。我暫停呼吸，一口氣將卡片往旁邊滑去。

顯示燈的顏色改變，門隨著馬達聲打了開來。

裡面馬上流出一股花香。

病房裡沒有點燈。雪地反射出來的光線由窗外照了進來，讓房裡稍微有了一些白光。

我無法動彈。已經沒辦法再前進，也沒辦法發出任何聲音了。

此時耳邊忽然出現了一道呢喃聲。

「來——她在等你啊……」

接著感覺有手輕輕推了一下我的肩膀。

結衣？直葉？總之是在這三個世界裡，某個幫助過我的人所發出來的聲音。我將右腳往前移動。又往前走了一步再一步。

我在簾子前停下來。伸手抓住布簾邊緣。

接著用力拉開。

白色布幕隨著吹過草原的微風聲音搖晃並滑向旁邊。

「啊啊……」

從我喉嚨裡流出簡短的聲音。

一名背對著我，身穿純白色洋裝般單薄病服的少女正坐在床上看著黑暗的窗口。飛散的白雪在她那光滑的秀髮上反射出些微亮光。少女纖細的雙手放在身體前面，手裡還拿著一個深藍色的蛋型物體。

那是NERvGear。持續禁錮著少女的荊棘王冠。但它現在已經結束任務，靜靜躺在少女的懷裡。

「亞絲娜……」

我以極細微的聲音叫著她的名字。少女的身體猛烈震動了一下——讓充滿花香的空氣產生晃動後轉過身過來。

剛從漫長睡眠裡醒過來，還帶著夢境般光輝的褐色瞳孔筆直地凝視著我。

我不知已經夢想過多少次、祈禱過多少次這個瞬間的到來。

她那粉紅色光滑的嘴唇淡淡地微笑了一下。

「桐人……」

這是我第一次聽見她的聲音。與在那個世界裡每天聽見的聲音完全不同。但是在空氣中震動，在我聽覺器官裡產生共鳴而傳達到意識裡的聲音，可以說比在遊戲裡悅耳了好幾倍。

亞絲娜左手離開NERvGear對我伸了過來。光是這個動作就花了她不少力氣吧，我看見她的手正在顫抖著。

我像觸摸冰雕般靜靜地握住她的手。她的手是如此的虛弱纖細，但卻相當溫暖。彷彿可以癒合任何傷口般的暖流，由她的手中緩緩傳遞過來。此時我的雙腳忽然失去力量，我只好將身體靠在床的邊緣。

亞絲娜伸出右手，緩緩摸著我受傷的右頰，像是要發問般歪著頭。

「啊……真正的最後決鬥，剛才已經結束了。結束了……」

這麼說的同時，眼淚終於從我雙眼奪眶而出。順著臉頰來到亞絲娜手指上的淚水，在窗外光線的照射下閃爍著光芒。

「……抱歉，我還聽不太清楚。但是……我知道桐人你在說什麼。」

亞絲娜像是要慰勞我的辛苦般一邊摸著我的臉頰一邊呢喃著。光是聽見她的聲音，我的靈魂就不斷顫抖著。

「一切都結束了……我終於……終於……見到妳了。」

此時亞絲娜的臉頰上也滑下了銀色的淚珠。她濕潤的雙眼像是要傳達內心所有想法般直盯著我，接著她又開口說道：

「初次見面，我是結城明日奈。我回來了——桐人。」

我也忍住嗚咽回答：

「我是桐谷和人。歡迎回來……亞絲娜……」

兩人的臉同時靠近，嘴唇先是輕輕相交，接著才又深深地吻在一起。

我將雙臂繞過她嬌小的身體，接著靜靜地緊抱住了她。

兩人的靈魂開始一趟旅程。由現實世界到假想世界。再由今世前往來生。

接著兩人的靈魂更接受了彼此。堅定地呼喚著對方的姓名。

從前在一座浮在天空中的大城堡裡，一位夢想成為劍士的少年遇見了一名很會做菜的少女，兩個人墜入了情海。他們雖然已經不存在了，但他們的心在經過漫長旅途之後終於再度相遇。

這時我一邊輕撫著亞絲娜因為哭泣而震動的背部，一邊將因眼淚而模糊的視線看向窗外。我似乎看見了兩個緊靠在一起的人影站在越下越大的雪中。

一個是身穿黑色大衣，背上揹著兩把劍的少年。

另一個則是腰間吊著銀製細劍，身穿紅白騎士服的少女。

兩個人臉上帶著微笑牽著手，轉過身子之後慢慢遠去。

9

「那我們今天就上到這裡。我會傳送回家作業檔25和26給你們，記得下週末前要上傳過來。」

模擬大鐘的鈴聲宣告上午課程已經結束，當老師將大型面板螢幕的電源關上之後，教室中開始飄蕩著一股慵懶氣氛。

我操縱著插在電腦上的舊式滑鼠，打開下載結束的回家作業檔案後瞄了一眼內容。我對著看來相當令人傷腦筋的一長串問題嘆了口氣，然後拔下滑鼠、關上平板電腦並將它們一起放進背包裡。

話說回來，這裡的鈴聲與艾恩葛朗特第一層．「起始之城鎮」裡的教堂鐘聲實在很相似。如果這棟校舍的設計者是故意這麼設定的話，那他黑色幽默的品味可以說相當令人佩服。

不過穿著同樣制服的學生們似乎沒有注意到這件事就是了。他們和諧地一邊談笑，一邊三三兩兩的離開教室往食堂走去。

拉上背包的拉鍊，將它揹到肩上準備站起身來時，旁邊位子上跟我感情不錯的男學生抬頭看著我說道：

「啊，小和，要去食堂的話記得幫我搶個位子。」

在我回答他之前，坐在更旁邊位子上的學生便笑著對他說：

「別問小和啦，今天是他和『公主』見面的日子吧。」

「啊，對哦。可惡，真令人羨慕。」

「嗯，就是這麼一回事。所以抱歉啦……」

我決定在這群傢伙開始調侃我之前趕緊離開，於是舉起手打了聲招呼後便迅速走出教室。

快步走過貼著暗綠色面板的走廊，接著由逃生門來到中庭之後，好不容易從吵鬧午休時間當中解脫的我才鬆了一口氣。眼前這條鋪著嶄新煉瓦的小徑在剛發芽的樹木之間一路往前延伸。雖然在樹梢上方可以見到校舍水泥整個外露的粗糙外表，但整體來說這座美麗的校園實在讓人看不出這裡原本是已經廢校的舊校區。

持續在穿越綠色隧道的小徑上走了幾分鐘後，我來到一座圓形的小庭園。庭園裡的花圃外圍均衡設置了幾張白木板凳，而一名女學生正坐在其中一張板凳上抬頭看著天空。

少女那一頭栗色長髮筆直地垂在以深綠色為基調的制服外套後面。她的肌膚白淨剔透，但最近臉頰上終於逐漸出現有如玫瑰般的血色。

女孩專心看著藍色天空並且將穿著黑色長襪的纖足往前伸直，接著以平底船形鞋的腳尖部份不停敲著煉瓦。由於少女這副模樣實在十分惹人憐愛，於是我便把手放在樹幹上，站在庭園入口一直默默地凝視著少女。

結果她突然轉過身來，一見到我之後臉上隨即露出笑容。但立刻又裝出不在乎的表情閉起眼睛，然後哼一聲把頭別到一邊去。

我一邊苦笑一邊接近板凳，開口對她說：

「讓妳久等了，明日奈。」

明日奈瞄了我一眼之後便噘著嘴說道：

「真是，為什麼桐人你老喜歡躲在暗處偷看人家啊？」

「抱歉抱歉。嗯——說不定我有成為偷窺狂的資質呢……」

「嗯——……」

在露出厭惡表情並往後縮的明日奈身邊坐下來後，我大大地伸了個懶腰。

「啊啊……又餓又累……」

「桐人你怎麼像個老頭一樣啊……」

「老實說這一個月裡感覺就像老了五歲一樣……還有——」

我將手放在腦袋後面，側眼看著身邊的明日奈。

「應該叫我和人而不是桐人才對吧。在這裡叫人角色名稱算是違反校規唷。」

「啊，對哦。不小心就……但那我要怎麼辦啊！根本每個人都知道了嘛！」

「誰叫妳要用同樣發音的名字來做角色名稱。不過……我好像也已經被發現了……」

在這所特殊「學校」裡就讀的學生，全都是國中、高中時期被捲入那個事件裡的舊ＳＡＯ玩家。這裡除了因為積極殺人而必須接受心理諮詢並被賦予一年以上治療與觀察義務的橘色玩家之外，也有不少像我這種為了自衛而攻擊過其他玩家的人。此外在遊戲裡犯下的竊盜與恐嚇等罪行由於不會留下紀錄，所以也沒辦法清查。

因此學校為了避免糾紛，基本上禁止提起在艾恩葛朗特裡的名字，但這麼做其實沒什麼意義，因為每個人的長相都跟在ＳＡＯ裡一模一樣。像明日奈她的身分在剛入學時馬上就被人發覺了，而我在遊戲裡的名字以及其他事情也早被一部分舊ＳＡＯ高級玩家們所知曉。

其實要大家把那段過去當成沒發生過，本來就是不可能的事。在那個世界裡的經驗全都不是作夢而是事實，這些記憶也只能靠我們每個人自己去接受與釋懷。

明日奈的雙手原本抱著膝蓋上的小竹籃，但我這時靜靜拉起她的左手並用雙手將它包住。她的手雖然還相當瘦弱，但和剛醒過來時相比已經是好多了。

她為了趕上入學，經過了一段相當嚴酷的復健過程。而且她一直到最近才能夠不靠枴杖走路，目前醫生仍嚴禁她進行包含跑步在內的各種運動。

自從她醒過來後我便時常到醫院去看她，但每當我看見明日奈一邊流淚一邊進行步行練習的模樣，心中就會有一股錐心刺骨的疼痛感。想起那段日子的我，不知不覺間便不斷摸著明日奈修長的手指。

「桐人……」

聽見她的聲音後我抬起頭來，結果臉頰微紅的明日奈用難以置信的聲音說道：

「你不知道嗎？從食堂裡面可以看見這裡耶！」

「唔……」

抬起頭往上一看後，我發現由這裡確實可以見到樹木上方那最高層校舍的大片採光玻璃。

於是我急忙把手放開。

「真是的……」

明日奈露出一副真受不了你的表情然後嘆了口氣，接著又再度別過臉說：

「粗心鬼沒便當吃！」

「嗚哇，饒了我吧。」

拚命道歉幾秒鐘後，明日奈終於露出笑容並打開膝蓋上的竹籃。她拿出一份裹著餐巾紙的小包然後交給我。

我接過來後急忙打開餐巾紙，結果裡面是塞了滿滿萵苣的大漢堡。令人食指大動的香味直擊胃部，我立刻張開大口咬了下去。

「這……這個味道是……」

我拚命地嚼著嘴裡的漢堡，大口吞下喉嚨之後瞪大了眼睛看著明日奈的臉。

「呵呵。你還記得啊？」

「怎麼可能忘記。這是在第七十四層安全地帶裡吃到的漢堡……」

「哎呀──我可是費了一翻苦心才重現這種醬料的呢。你不覺得很沒道理嗎。在那裡面時拚命想要做出現實世界裡的味道，但現在卻又為了要重現裡面的口味而大費周章。」

「明日奈……」

一回想起過去那段幸福的日子，內心湧起一陣強烈感傷的我不由得又凝視著明日奈。

這時明日奈也馬上回看我，然後帶著微笑小聲說道：

「你嘴巴上沾到美奶滋了。」

當我吃完兩個大漢堡而明日奈吃完一個小漢堡時，午休時間也差不多要結束了。準備幫我從小保溫瓶裡倒杯花茶的明日奈一邊用兩手拿著紙杯一邊開口說：

「桐人，你今天下午還有課嗎？」

「我下午還有兩堂……真是的，現在教室裡都不是黑板而是ＥＬ面板，而且不用筆記本而是用平板電腦，回家作業也都是以無線網路傳送過來，這樣的話在自己家裡上課還不是一樣嗎？」

明日奈看著抱怨的我然後「呵呵」笑了一聲。

「說不定面板和PC不久後也要被淘汰了呢。之後或許都會變成全息投影也說不定……而且我們就是因為來學校才能像這樣見面啊。」

「這倒是沒錯啦……」

雖然我和明日奈已經把所有自由選修科目都排成一樣，但我們原本學年就不同，所以課程內容也不一樣，現在一個禮拜裡只能見面三天而已。

「況且聽爸爸說這裡將會成為次世代學校的模範呢。」

「這樣啊……那彰三伯父他還好嗎？」

「嗯。有段時期相當消沉，一直責怪自己沒有看人的眼光。他從CEO的位子上退下來之後已經算是半退休了，可能是不知道怎麼打發空下來的時間吧。我想等他找到新的興趣之後，馬上就會恢復精神了。」

「這樣啊……」

我啜了一口茶，然後學起明日奈抬頭看著天空。

至於被明日奈的父親結城彰三先生認為是未來女婿的那個男人——須鄉。

下雪當天在醫院停車場裡被逮捕的須鄉，之後也很難看地不斷想逃避罪名。他只是一味保持沉默，並完全否認自己的犯行，最後還想把所有罪過都推到茅場晶彥身上。

但是他的一名部下在被列為重要證人並被檢方帶走之後，便將所有事情全盤托出。藉著在RECT PROGRESS橫濱分公司裡設置伺服器，利用ＳＡＯ未歸還者三百人來進行非人道試驗的犯行被揭發之後，須鄉便再也無法狡辯了。但聽說開始公開審判的現在，他已經在申請精神鑑定了。雖說他主要的罪狀是傷害罪，但目前社會大眾最注意的是他擄人監禁的罪名是否能夠成立。

而他所著手，利用完全潛行技術來進行洗腦的邪惡研究，也被發現除了初代NERvGear之外便沒有機械可以實現。現在NERvGear幾乎已經全部報廢，而且似乎還能夠開發出對抗須鄉實驗結果的措施。

所幸淪為實驗體的三百名未歸還者都沒有殘留遭到實驗時的記憶。此外也沒有腦部出現實質障礙或是發生精神異常的玩家，他們所有人在接受完善的治療之後都可以正常回歸到社會當中。

但是RECT PROGRESS公司與ALfheim Online，不，應該說ＶＲＭＭＯ這種類型的遊戲則全都受到了無法回復的打擊。

原本光是ＳＡＯ事件就已經造成相當大的社會不安了。而聲稱這全都是一名狂人所引起的偶發性犯罪，這次保證絕對安全的ＡＬＯ以及其他ＶＲＭＭＯ，卻又再度因為須鄉這次所引起的事件而讓社會大眾認為所有ＶＲ世界都可能會被利用來犯罪。

RECT PROGRESS最後因此而解散，而ＲＥＣＴ總公司也受到很大的傷害，但在更換社長以下的營運陣容之後總算是慢慢渡過了危機。

當然ＡＬＯ也被迫停止營運，雖然其他持續營運中的五、六款ＶＲＭＭＯ遊戲玩家並沒有減少許多，但由於社會上的批評聲浪實在太過猛烈，據說這些遊戲今後恐怕也難逃停止經營的命運。

但以強大力量將這種狀況整個反轉過來的——

就是茅場晶彥託付給我的「世界的種子」。

在這裡我必須提一下關於茅場的事情。

當二○二四年十一月ＳＡＯ世界崩壞的時候，茅場晶彥果然也隨之死亡——這件事是在兩個月前的二○二五年三月時被證實的。

茅場在長野縣人煙罕至的森林裡有一棟山莊，而他以希茲克利夫這個身分存在於艾恩葛朗特的兩年當中就是潛伏在這棟建築物裡面。

當然茅場的NERvGear沒有被加上「死亡枷鎖」，所以他可以隨時登出，但身為公會血盟騎士團團長的他曾經連續登入遊戲裡長達一個禮拜的時間。

而在這段時間內幫忙照顧他的，是茅場同時任職於ARGUS開發部與都內工科大學時，與他進行同一項研究的研究所女學生。

在該研究室裡的這名女性，從學生時代便與茅場熟識，表面上除了景仰茅場這個前輩之外，也對他存有相當強烈的對抗心。但實際上這名女性私下曾多次對茅場表達愛慕之意——這件事是上個月被保釋出來的那名女性親口告訴我的。

我勉強從解救對策室工作員那裡問出那名女性的電子郵件信箱，在猶豫了許久之後才傳了一封「我對妳沒有怨恨，只是想跟妳談談而已」的電子郵件給她。結果在一個禮拜之後我就收到了回信。這名叫做神代凜子的女性還特別由現在居住的宮城縣來到東京，然後在東京車站附近的咖啡廳裡結結巴巴地對我述說事情經過。

茅場似乎從以前便決定要隨著SAO世界的崩壞來結束自己的生命。但他選擇的死亡方式可以說相當異常。他利用改造完全潛行系統後所製成的機器來對自己大腦進行超高密度掃描，結果腦部整個燒焦而死。

掃描成功的機率根本不到千分之一——這名讓人感到有些可憐但又相當堅強的女性這麼說道。

如果真能如茅場所願，他就能把自己的記憶和思考，也就是大腦內部的電流反應全部轉換成數位碼，然後將自己的腦變成真正的電腦而存在於網路當中。

我猶豫了很久之後，對她說出在舊ＳＡＯ伺服器內部和茅場對話過這件事。另外也將茅場救了我和亞絲娜，以及他託付給我一樣東西的事情告訴她。

女性低著頭過了幾分鐘，從眼裡落下一滴淚水之後對我說道。

——我原本到他潛伏的山莊去準備要結束他的生命。但最後卻無法下手。害得許多年輕人因此而失去生命。

他和我所做的是無法被饒恕的事情。

如果你還恨他的話，就請你把他託付的檔案給消除吧。

但是，如果……如果你心裡還存有憎恨以外的感情…………

「桐人——桐人啊……關於今天的網聚……」

手肘被戳了一下後，我才終於回過神來。

「啊啊——抱歉。剛才在發呆……」

「真是的。不管在這裡還是在那邊，你只要一放鬆，就會變成一個成天只會發呆的大笨瓜耶！」

明日奈無法忍受似地搖了搖頭，接著又露出宛若和煦陽光的笑容，接著把頭靠在我的肩上。

＊＊＊

食堂西側窗戶邊，我坐在從南方數來第三個圓桌前，用力吸著鋁箔包裡剩下來的草莓優格。由於發出了不符合少女形象的巨大噪音，坐在我對面的綾野珪子臉色變得相當難看。

「真是的，莉茲……里香小姐，可不可以請妳喝東西時小聲一點。」

「但是……啊——桐人那傢伙又靠那麼近……」

我的視線前方是只有從這張桌子才能透過樹梢看見的中庭板凳，而板凳上有一名男學生正和一名女學生並肩坐在一起。

「真是不害臊，竟然在學校裡做出……」

「這、這樣偷看人家不太好吧！」

我瞄了珪子一眼，然後故意用調侃她的口氣說：

「妳還敢說我哩，西莉卡自己剛才還不是一直盯著看。」

珪子也就是短刀使的西莉卡——或許應該反過來說——她馬上滿臉通紅的低下頭去，接著大口大口地吃起蝦肉炒飯。

我將喝完的鋁箔包捏扁丟進幾公尺外的垃圾桶後，把臉撐在桌子上後大大嘆了一口氣。

「啊——啊……早知道會變成這樣，當初不要簽訂什麼『一個月休戰協定』就好了。」

「那都是莉茲小姐妳提出來的不是嗎！說這個月就讓他們兩個人去卿卿我我……實在是太天真了啦！」

「妳臉上黏著飯粒唷。」

我再度嘆了一口氣，然後抬頭朝著採光玻璃後面流動的白雲看去。

我不知道桐人是怎麼查到我的信箱，不過他在二月中左右寄了封電子郵件給我。

我當時感到相當驚訝，腦袋裡一邊響著戀愛大賽第二回合就要開始的鐘聲，一邊趕緊跑去和他見面。而桐人在咖啡廳裡所說的話更是讓我大吃一驚。

桐人他直接捲入了那起讓社會為之騷動的「ＡＬＯ事件」，而社會大眾並不知道亞絲娜其實也是這事件裡特殊型態的受害者。

當桐人告訴我亞絲娜她很想見我之後，我當然馬上就去探病了。當我見到亞絲娜那副隨時都可能消失不見，宛若雪精靈的模樣之後，以往在艾恩葛朗特裡那種想要保護她的心情也再度受到強烈刺激。

幸好亞絲娜她日復一日逐漸恢復了元氣，也同時能夠進入這所學校就讀。但是我只要一見到她，就會覺得她不是情敵而是應該保護的妹妹，結果在一個不注意之下便把眼前這個同樣喜歡上桐人的朋友捲進來，組成了「到五月底為止我們就在旁邊守護著他們吧」的同盟，但是將最後一塊BLT三明治（註：培根、生菜、蕃茄所做成的三明治）隨著第三次嘆息一起送進嘴裡之後，我朝著西莉卡看去。

「今天的網聚妳會去嗎？」

「當然——聽說莉法……直葉也會來。這是我第一次在網聚裡見到她，很期待呢！」

「西莉卡和莉法感情真的很好呢。」

我再度露出不懷好意的笑容。

「可能妳和她同樣是『妹妹』，所以有親近感吧？」

「哼……」

西莉卡鼓起臉頰，將最後一口蝦肉炒飯塞進嘴裡然後同時笑了起來。

「莉茲小姐還敢說我呢，妳自己現在還不是完全一副『姊姊』的模樣。」

我們兩個人之間爆發了好幾秒鐘的火花，然後才同時抬頭看著白雲，又同時嘆了一口氣。

＊＊＊

艾基爾的店「Dicey Cafe」那扇不友善的黑門上掛了一塊同樣不友善的木牌，上面還有不友善的字跡寫著「今日已出租」。

我看著身邊的直葉說道：

「直葉妳有見過艾基爾了嗎？」

「嗯，在另一個世界裡一起狩獵兩次了。他真的很魁梧耶～」

「先告訴妳，他本人也是那種模樣。妳要先做好心理準備喔。」

亞絲娜在瞪大了眼睛的直葉身後嘻嘻笑著。

「我第一次來這裡時也嚇了一大跳呢！」

「老實說，我也嚇到了。」

直葉臉上這時露出了怯意，我砰一聲拍了一下她的頭之後便一口氣把門推開。

大量歡呼聲、拍手聲、口哨聲隨著門被打開時的「喀啷」鈴聲一起響起。

不是很寬敞的店裡此時已經擠滿了人。擴音器裡發出超大音量的ＢＧＭ——驚人的是那竟然是艾恩葛朗特的ＮＰＣ樂團所演奏的阿爾格特街道主題曲——而店裡所有人手裡的杯子都發出液體亮光，看來氣氛已經是相當熱絡了。

「喂喂——我們可沒遲到啊！」

嚇了一大跳的我這麼說完之後，穿著制服的莉茲貝特走出來說：

「嘿嘿，主角當然是要最後登場啦。所以我告訴你們的集合時間比較晚。來，快進來快進來！」

我們三個人馬上被拉進店裡，然後又被推到店深處的一座小舞台上面。這時店門磅一聲被關上，接著BGM暫停，燈光也全都拉了過來。

忽然聚光燈整個照在我身上，接著莉茲貝特的聲音再度響起。

「呃～各位，請跟我一起說吧……預備～！」

「桐人，恭喜你完全攻略了SAO——！」

所有的人一起齊聲說道。接下來便是一連串禮砲聲與拍手聲。

我臉上因為驚訝而呆滯的表情就這麼被數台相機給拍了下來。

今天的網聚——「艾恩葛朗特攻略紀念派對」原本是由我和莉茲、艾基爾所共同策劃，但在不知不覺之間他們便瞞著我進行了這樣的安排。店裡參加者的人數大概超過我預期的一倍以上。

乾杯之後所有人都開始做了簡單的自我介紹，接著在我的演講——當然這也是原本沒有的項目——結束之後，就輪到艾基爾特製的好幾盤巨大披薩登場，這時宴會完全陷入一片狂歡狀態。

我在受到所有男性參加者有些粗暴以及女性參加者有點過於親密的祝福後，疲累不堪地來到了櫃檯前並整個人攤在圓凳上。

「老闆，來杯加冰塊的純波旁酒……」

當我隨便點完飲料之後，穿著白色襯衫、打著黑色蝴蝶結領帶的巨漢便低頭狠狠瞪了我一眼。驚人的是，幾秒鐘之後果然有一只裝著冰塊注滿琥珀色液體的平底杯滑了過來。

畏畏縮縮舔了一口之後，發現原來其實只是普通的烏龍茶而已。當我抬頭看著露出「騙到你了吧」笑容的店主並垂下嘴唇時，有一名身穿西裝的瘦高男子坐到我旁邊來。男人除了西裝上搭配了一條很沒品味的領帶之外，額頭上竟然還綁著一條印有低俗圖案的頭巾。

「艾基爾，給我來杯正牌的波旁酒。」

男人——刀使克萊因接住平底杯之後便轉動圓凳，然後用色瞇瞇的表情看著店內角落那張女孩子們正發出嬌笑聲的桌子。

「喂喂，不要緊嗎。你等一下不是還要回公司？」

「哼，不喝酒哪能加班啊。不過話說回來……這可真是秀色可餐哪……」

我對快流下口水的克萊因嘆了口氣，然後喝了一大口烏龍茶。

不過這確實是一副很養眼的美景。莉茲貝特、西莉卡、紗夏、由莉耶爾、直葉等女性玩家全部聚集在一起的這幅景象，實在讓人很想把它拍下來當裝飾品呢。雖然為了給結衣看我還真的有在錄影就是了——

我身旁另一邊的圓凳上也坐著一個男人。雖然他也是穿著西裝，但看起來就是與克萊因不同，一副就是很正經的上班族模樣。而他就是元「軍隊」最高負責人辛卡。

我舉起杯子對他說道：

「對了，聽說你和由莉耶爾小姐結婚了對吧。雖然有些遲了——但還是要恭喜你。」

我們兩個人的杯子互相碰了一下。辛卡似乎有點不好意思地笑著說：

「哎呀，到現在還是在拚命習慣這個現實世界。而且工作也好不容易才上軌道而已……」

克萊因也舉起杯子，探出身體說：

「嗯，真的很值得慶祝！可惡，早知道也在裡面找個對象。話說回來，我是你們新生『MMOTODAY』的讀者唷。」

辛卡再度露出羞澀的笑容。

「哎呀，不好意思。我們的內容還不是很充足……而且對於現在的MMO來說，攻略檔案或是最新消息都已經慢慢失去意義了……」

「簡直就像是宇宙誕生的渾沌一樣。」

我點了點頭後便抬頭看向搖著雪克杯的店主。

「艾基爾，之後『種子』的狀況如何？」

禿頭巨漢露出會嚇哭小孩的笑容後愉快地說道：

「那可真是不得了。現在大概有五十個鏡像伺服器……下載總數達到十萬，實際運作的超大型伺服器大概有三百台吧……」

茅場晶彥的思考模擬程式託付給我的「世界的種子」──

我和茅場的女性助手談過之後又過了幾天，在結衣的幫忙之下把由NERvGear區域網路傳送到內存芯片的巨大檔案拿到艾基爾店裡。因為我認為只有這個身為我知己的男人可以幫忙種子發芽。

我當然對茅場以及他所創造的浮游城艾恩葛朗特懷有憎恨的感情。那個死亡遊戲的世界讓好幾名與我心靈相通的友人失去了生命。一想到在恐懼當中死去的他們──還有那個女孩，我就無法饒恕茅場。

但很遺憾的是，我也無法否認在強烈的憎恨當中還對他存有一絲的認同感。

就因為有生與死的存在，那座城堡才會變成真正的異世界。我心裡雖然渴望脫離那個世界，但同時也深愛著它。在我心底深處確實有著希望它永遠存在的感情。

因此我想，至少要確認那顆「種子」會發出什麼樣的芽來。世界的種子。

那是由茅場所開發出來的，藉著完全潛行系統來運作全感官ＶＲ環境，名為「The Seed」

的相關程式套件。

茅場在整理過自動管制ＳＡＯ伺服器的「Cardinal」系統後，除了將系統規模縮小為可以在小型伺服器裡運作之外，該系統裡面還包含著遊戲組件的開發環境支援。

也就是說如果你想要創造一個ＶＲ世界，只要準備一台頻寬還可以的伺服器並下載這個套件，然後設計３Ｄ物件或者是配置套件裡既存的物件接著讓程式運作，你就可以誕生出一個屬於自己的３Ｄ世界了。

要開發控制五感輸入．輸出的系統程式可以說相當困難。實際上全世界營運當中的ＶＲ遊戲，都是根據茅場在ＡＲＧＵＳ所開發出來的Cardinal系統所製造，而要使用這套系統必須付出非常高額的權利金。

隨著ＡＲＧＵＳ消滅，程式的權利也轉移到ＲＥＣＴ手裡，但現在又因為RECT PROGRESS解散而正在尋求願意買下該程式使用權的企業。不過由於金額過於龐大以及社會大眾對於ＶＲ遊戲的批判，使得沒有企業願意出手收購，而這也讓此類型的遊戲開始陷入衰退狀態。

這時候登場的就是標榜完全不需要權利金而且小巧又機能充實的ＶＲ控制系統「The Seed」了。艾基爾先運用他的關係徹底檢驗了我所得到的程式，確定裡面不存在任何的危險因素。

我們不清楚茅場真正的意圖究竟為何——而且就算是程式本身沒有危險，但這個程式流出到市面上之後，應該也只有茅場本人才知道會造成什麼樣的狀況吧。只是我想茅場創造出這程式的動機應該相當單純。

那就是不斷追求「真正異世界」的夢想。

我拜託艾基爾把「The Seed」上傳到全世界各地的伺服器裡，讓不論是個人或者是企業都可以自由下載這個程式。

ALfheim Online原本應該已經死亡，但同時也是ALO玩家的幾家新興企業經營者又讓它重新復活了起來。

他們先共同出資來建立一所新公司，然後由RECT手裡以幾近免費的低價接收了ALO所有檔案。

嶄新的阿爾普海姆大地便在新的搖籃裡再生，玩家原本的檔案也完全被繼承過來。因為那個事件而離開遊戲的玩家幾乎不到全體的一成。

當然新誕生的世界不只有阿爾普海姆而已。

原本沒有能力支付龐大權利金的企業乃至於個人，多達數百名人員表達願意成為營運者的意圖，因此不斷有VR遊戲的伺服器開始運作。當然這些遊戲裡面有的需要收費也有的完全免費，但這些遊戲相當自然地就互相連結起來並且訂定了幾條最高原則。目前已經慢慢建立起

「在某個ＶＲ遊戲裡創造出來的角色也可以轉換到另一個遊戲裡使用」這樣的結構了。

而且The Seed還不是只能利用在遊戲上而已。像是教育、交流、觀光等等，每天都有新領域的伺服器誕生，所以每天也都會有新世界出現——相信不久之後，ＶＲ世界的「現實世界換算面積」大於日本這個國家的日子就會來臨了。

辛卡一邊苦笑，一邊用懷有夢想的眼神繼續說道：

「我們現在正目睹一個新世界的誕生。只靠ＭＭＯＲＰＧ這個名詞已經不足以概括形容這個世界了。雖然我也很想更新網頁的名稱……但是卻又找不出個足以形容它的名詞。」

「嗯～～……姆……」

克萊因把手臂交叉在胸前，皺著眉頭拚命思考著。我戳了一下他的手肘，邊笑邊說：

「喂，把公會取名為『風林火山』的傢伙沒人會期待你的品味啦！」

「你說什麼！我告訴你，新生．風林火山可是有一堆人想加入呢！」

「這樣啊——如果有可愛的女孩子就好囉～」

「嗚……」

我看著克萊因無話可說的臉笑了一陣子後，再度看著艾基爾說：

「喂，續攤的預定沒有改變吧？」

「嗯嗯，今天晚上十一點在世界樹城市集合。」

「那麼……」

我放低了聲音說：

「那個可以動了嗎？」

「沒問題。不愧是『傳說中的城堡』，聽說用了一整個新的伺服器群呢。但不論是使用者或是資金都大幅增加了！」

「如果可以順利成功就好了。」

——舊SAO伺服器已經完全被初期化並且報廢了。但是在交給新ALO營運者的ARGUS開發檔案裡，竟然有著令人意想不到的物品存在。

我一口氣將杯子裡的烏龍茶喝光，然後就這樣握著杯子抬頭看向店裡的天花板。黑色天花板看起來就像深夜的天空一樣。這時忽然有淡灰色的雲流過，月亮出現將整片世界染成藍色。

接著在遙遠處出現了巨大的——

「喂——桐人，到這邊來！」

完全處於亢奮狀態的莉茲貝特一邊用力揮手一邊大聲叫喚著我。

「……那傢伙不會是喝醉了吧……」

我的眼光停留在她手裡那杯裝有粉紅色液體的巨大杯子上，結果視法律為無物的店主聽見我的呢喃後，一臉無所謂的說：

「酒精濃度百分之一以下不要緊的啦。而且明天又放假。」

「喂喂……」

我搖了搖頭之後便起身離開。看來這會是個相當漫長的夜晚哪。

＊＊＊

莉法飛翔著穿透了漆黑的夜空。

四張翅膀在大氣中揮動撕裂空氣，讓莉法不斷加快速度。

如果是在以前的話，為了用有限的飛翔力量來盡可能延長飛行距離，就必須考慮以最有效率的巡航速度或者是不斷重複加速與滑行的滑翔飛行法來飛行。

但現在這些都已經是過去式了。因為束縛她的系統枷鎖已經不存在。

結果世界樹上根本沒有空中都市。根本就沒有所謂的光之精靈，宣言要讓第一個謁見他的種族轉生的精靈王根本就是個冒牌貨。

但是這個世界在歷經一次崩壞再度重生之後，新的支配者——不對，應該說是調整者們便給予所有精靈能夠永遠飛翔的翅膀。雖然種族依然是風之精靈而不是光精靈，但對莉法來說這樣就已經足夠了。

莉法比集合時間早了一個小時登入，由最近時常待在這裡的貓妖領地首都「弗莉莉亞」裡起飛後，已經持續飛行了快要二十分鐘。這段時間裡面她沒有停下來休息過，只是依照本能全力震動著翅膀。但發出草綠色光芒的魔法動力到現在依然沒有失去力量，它還是一直遵照著莉法的意思持續運作著。

根據桐人表示，這個新世界裡的加速理論就跟汽車非常類似。

飛上天空之後馬上將翅膀往左右張開並加大振幅，利用所謂「扭力重視」——這名詞也是桐人所說，但莉法不太清楚是什麼意思——的飛行方法來用力排開空氣。

速度慢慢增加之後，就配合將翅膀疊成銳角，然後也逐漸縮小振幅。當達到最高速度時，翅膀除了幾乎疊成一直線之外還會以看不見的速度震動著，因此從地面上看起來根本就像帶著顏色的彗星掠過天際一般。到達這個階段時速度便難以再增加，至於能加快到什麼樣的程度就要看玩家個人的勇氣了。一般玩家不久後都會因為恐懼與精神上的疲勞而開始減速。

上週舉行的「阿爾普海姆橫貫大賽」裡，莉法在與桐人經過了劇烈競爭之後以些微差距贏得比賽。由於兩個人實在領先其他參賽者太多，所以第二屆大賽能不能順利舉行還是個問題。

……那個時候真的很快樂……

莉法一邊飛一邊因為回想起那時候的事情而笑了出來。在終點前追上來的桐人為了讓莉法發笑而使用了講冷笑話這種卑鄙手段，而莉法也真的整個人大笑了起來。最後她為了報復而將解毒藥水實體化並朝桐人丟了過去，如果不是藥水有擊中桐人的話莉法早就輸掉這場比賽了。

像那樣在比賽當中的飛行雖然也很過癮——但還是把腦袋放空之後，純粹只為了突破界限而不斷加速的時刻最讓莉法感到開心。

經過數十分鐘的飛翔之後，莉法的速度已經快提升到極限。這時被一片黑暗所包圍的地面看起來就像不斷像後流去的線條，而前方剛出現的小街燈也馬上就消失在身後了。

當身體感覺已經到達學會飛行以來的最高速度時——莉法瞬間張開翅膀並反轉身體開始急速上升。

從頭頂上厚厚的雲層縫隙裡可以見到巨大滿月正發出光芒。而莉法就像火箭般朝著這藍白色的玉盤直線上升。

幾秒鐘之後，莉法隨著產生細微變化的風聲一起衝進雲海。她就像顆子彈般貫穿這層黑色面紗。突然在距離莉法非常近的地方發生閃電，雲層也整個被染成白色，但她還是毫不在意的往前突進。

不久之後她終於穿透雲海。眼前的寶藍色月光包圍整個世界，眼下則是一片雲的平原。這裡唯一能見到的物體便只有遠方那貫穿雲海的世界樹尖端而已。此時速度終於開始有點下降，但莉法還是緊閉著嘴唇努力伸長指尖，只是一心朝著滿月前進。可能是心理作用吧，感覺上像銀盤般的月亮直徑好像一點一點變大了。莉法這時甚至可以清楚見到月亮上有幾道隕石坑。

其中一個巨大坑洞的中央似乎可以見到一群閃爍的光芒。難道這只是莉法眼睛的錯覺嗎？還是說那是某一座無人知曉的月球人街道所發出的光芒呢？如果可以──可以再靠近一點的話──

但是世界的盡頭，也就是名為限制高度的牆壁終於擋住了莉法。加速急劇減緩，身體也變得沉重。虛擬空間只延伸到這裡就結束。到此就沒辦法再繼續往上升了。但是……

莉法用力伸長了右手，像是要抓住月亮般張開手指。

我想到更高、更遠的地方去。越過平流層，脫離重力束縛，一直到那個月世界為止。不對，之後還要跨過行星軌道、超越彗星直達一大片星海──

終於，她的上升速度完全歸零，接著變成負數。莉法就這麼張開雙臂，在夜空當中變成自由落體。月亮開始慢慢離她遠去。

但是莉法卻閉上眼睛，臉上浮現微笑。

雖然現在還無法達成──

但根據桐人表示，這款ALfheim Online也有加入更大ＶＲＭＭＯ集合體的計畫。而且一開始就是要和以月球表面為舞台的遊戲互相連結的樣子。這麼一來，莉法就可以直接飛到月球上去了。不久之後其他遊戲世界將被設定為不同行星，到時候有渡船橫跨星海到各個行星的日子就會來臨。

屆時莉法將可以隨意飛行到任何地方。但是……卻還是有一個她永遠到達不了的場所。

莉法心頭忽然湧起一絲寂寞。

她一邊朝軟綿綿的雲海落下，一邊用雙手抱緊自己的身體。

她知道自己覺得寂寞的理由。那是因為今天晚上在現實世界裡，桐人——和人帶自己去參加的那個派對所造成的。

當然她感到非常開心。因為一直以來她只能在這個世界裡與新朋友們見面，而今天是她首次能和他們在現實世界裡相見並且聊天。舉行派對的三個小時可以說一轉眼間便過去了。

但是她同時也在裡面感覺到他們之間那種看不見但卻十分牢固的羈絆。他們在目前已經消失的「那個世界」浮游城艾恩葛朗特裡共同作戰、哭泣、歡笑、相戀的記憶——即使現在已經回到現實世界，也仍然在他們心中放出強烈光芒。

直葉喜歡桐人的心情到現在依然沒有改變。

晚上在門前道晚安時、白天一起跑步到車站時，她總是有一股類似和煦陽光的心情。

她也曾一邊流著痛苦的淚水，一邊想著如果他們是真正的兄妹，甚至是生活在不同城市的陌生人就好了。但是現在每天在同一個屋簷下的生活已經讓她感到非常幸福。就算不是全部也沒關係，自己只要能在和人心裡佔據一個小小的位子就夠了。

——自己好不容易才能這麼想了。

但在那場派對裡頭，直葉心裡就是有一種和人不久後將會離她遠去的預感。自己絕對無法進入那群人的羈絆當中。那裡面根本沒有直葉的容身之處。因為直葉她沒有關於「那座城堡」的記憶。

莉法縮起身體，像流星一樣不停往下墜落。

馬上就要到達雲海了。集合場所是新設在世界樹上的世界樹城市，所以該是要展開翅膀準備滑翔的時候了。但是因為內心充塞著寂寞心情，讓她無法運動自己的翅膀。

寒風吹拂過她臉頰同時也將她胸口的溫暖給帶走。她就這麼一直往黑暗的雲海裡深深沉去

——

突然身體像被什麼東西接住而停止落下。

「——？」

莉法驚訝的張開眼睛。

桐人的臉隨即就出現在她眼前。他用兩手抱著莉法，在快到雲海前的空中盤旋著。在莉法說出「為什麼——」前，淺黑色肌膚的守衛精靈便開口說道：

「我還擔心妳究竟要上升到什麼地方去呢。時間快到了所以我過來接妳。」

「……這樣啊……謝謝……」

莉法微微一笑之後張開翅膀從桐人懷裡飛了出來。

運作這座新ALfheim Online的營運體從RECT PROGRESS公司接收過來的全部遊戲檔案裡面，也包含了舊Sword Art Online刀劍神域的角色檔案。因此營運體在舊SAO玩家連線至新ALO開設帳號時，特別讓他們可以選擇是否繼承原本角色包含外表在內的所有檔案。

因此經常和莉法玩在一起的西莉卡、莉茲貝特等人除了附加上精靈的種族特徵之外，長相基本上都與現實世界裡的她們非常相近。但是桐人在面臨這個選項時卻沒有讓以前的外表復活，選擇了繼續使用這個守衛精靈的外表。此外他還將那些驚人的能力值全部初期化，開始重頭鍛鍊起自己的各項能力。

莉法現在忽然很想知道他這麼做的原因，於是她同樣停在半空中並對著桐人問：

「哥哥……桐人，為什麼你不像其他人那樣恢復原來的面貌呢？」

「嗯——……」

結果桐人把雙臂交叉在胸前，眼神望向遠處某個地方。他微微笑了一下才回答：

「那個世界裡的桐人，任務已經結束了。」

「這樣啊……」

莉法也輕輕笑了笑。

最先遇見守衛精靈戰士的桐人，然後和他一起旅行到世界樹的人就是自己。一想到這裡莉法就覺得有些開心。

他們以站姿在空中移動著，結果莉法忽然握起桐人的右手說：

「桐人，我們來跳舞吧……」

「咦？」

莉法拉著瞪大眼睛的桐人，開始在雲海上像滑行般橫移了起來。

「這是最近才開發出來的高級技巧。就像這樣一邊停在半空中一邊慢慢地橫向移動。」

「原、原來如此……」

桐人像是被激發了挑戰心一樣，以非常認真的表情配合著莉法的動作滑行。但他馬上就向前倒去並且失去了平衡。

「嗚哇！」

「呵呵，你往前面加速才會這樣。你弄錯了，只要產生一點上昇力，然後同時往橫向滑行……」

「唔唔……」

被莉法拉著手臂，東搖西晃地奮鬥了幾分鐘之後，桐人便以他那驚人的適應力學習到了跳舞的訣竅。

「哦……原來如此，是這樣嗎……」

「對對。好厲害哦！」

微微笑了一下之後，莉法便從腰間的口袋裡拿出一個小瓶子。拔開栓子讓它飄浮在半空中之後，隨即從瓶口溢出帶著銀色光芒的粒子，同時也開始能聽到有清澈的弦樂重奏傳了出來。這是音樂精靈的高等級吟遊詩人將自己演奏裝進瓶子後拿來販賣的道具。

莉法配合著音樂慢慢地踏起舞步。

他們兩人的身影便這樣在空中忽遠忽近、忽大忽小地跳著舞。在這當中桐人一直牽著莉法的手，而莉法則是一直凝視著他的眼睛，隨著移動方向即興踩著舞步。

兩人就在湛藍月光照耀下的無盡雲海裡不停旋轉著。原本緩慢的動作開始越來越加快，光是一個踏步就能飛出老遠的距離。

莉法翅膀上飛散的綠色光芒與桐人翅膀上灑下的白光互相重疊、碰撞並且消失。這時風聲忽然整個消逝。莉法也靜靜閉上眼睛。

她用心靈感受桐人由指尖傳遞過來的全部心意與感情。

莉法心想這或許是最後一次了。

至今為止兩個人曾有過好幾次心靈相通的魔法時刻。但這可能是最後一次了。

桐人——和人有屬於他自己的世界。屬於他自己的同學、夥伴，還有最心愛的人。他的翅膀太過於強壯、步伐太過於遼闊，讓莉法根本追不上他。

從兩年前他到那個世界旅行而不再回來的那天起，他們兩個人便開始漸行漸遠了。雖然為了想接近他而獲得精靈的翅膀，但和人和其他人的心到現在還有一半留在那空中的夢幻城堡裡。

科學技術的進步已經讓假想世界越來越真實。它已經超越了遊戲的領域，把假想變換成現實。但人類還沒有靈巧到能在好幾個現實世界裡生活。和人之所以對那個世界有那麼深的依戀，一定是因為他在那個直葉永遠無法到達的夢幻世界裡累積了太多歡樂、悲傷以及愛情的經驗。

莉法感到自己眼睛裡流下了淚水。

「——莉法……？」

耳邊響起了桐人的聲音。

莉法睜開眼睛，邊微笑邊看著他的臉。這時由瓶子裡傳出來的音樂聲先是越來越淡，然後隨著瓶子破裂的細微聲音同時消失。

「我今天就先回去了……」

莉法放開桐人的手後這麼說道。

「咦……？為什麼……」

「因為……」

她的眼中再度流下淚水。

「哥哥和大家……都離我太遙遠了。我沒有辦法跟你們到那邊去……」

「小直……」

桐人以認真的眼神看著莉法，接著輕輕搖了搖頭。

「沒那回事。只要妳願意就可以到任何地方去。」

不等莉法回答，桐人便再度緊握起她的手並轉過身子。

「啊……」

他用力拍動翅膀開始加速。只見他直線朝著聳立在雲海遠方的世界樹飛去。

桐人不理會莉法的意願，只是以猛烈速度向前飛行。他緊握住莉法的手絲毫沒有放鬆，而莉法也只能在後面拚命跟著他前進。

世界樹的體積也隨著他們越來越接近而大到足以遮蔽整個天空。這時可以見到樹幹分叉出好幾根樹枝的中央部位上出現了一大群光點。而那便是世界樹城市的燈光。

桐人對著中央最為高大而且發出耀眼光芒的塔飛去。

隨著距離越來越近，原本看起來是一大團的發光群，現在也分為建築物窗裡的光芒與照亮道路的街燈了——就在這個時候……

忽然連續響起好幾道鐘聲。這是宣告阿爾普海姆已經到了午夜十二點的鐘。世界樹內部目前設有連結阿魯恩與世界樹城市的電梯，而這口鐘便擺在這個大空洞的上方，它的鐘聲可以傳遍整個世界。

桐人張開翅膀進行緊急煞車。

「哇啊？」

莉法一時停不下來而差點撞上他。但停在半空中的桐人張開雙臂輕輕抱住了莉法。

「看來是來不及了。它要下來囉——」

「咦？」

由於不了解這句話的意思，莉法只能呆望著桐人的臉孔。桐人笑了一下並眨了眨眼睛，最後用手指向天空的一角。莉法在他臂彎裡改變身體方向，抬頭看著夜空。

莉法只見到——巨大的滿月正發出清澈的藍色光芒。

「月亮怎麼樣了嗎……？」

「看仔細一點。」

桐人將手往更高處指去。莉法定睛凝神看著天空。

光輝的正圓形右上方邊緣——稍微出現一點缺角。

「咦……？」

莉法瞪大了眼睛。她一瞬間有了「是月蝕嗎……？」的想法，但隨即想起阿爾普海姆裡從沒有發生過這種現象。

侵蝕月亮的黑影面積不斷增加。但它的形狀並不是圓形。黑影就像三角形楔子般持續釘入月亮當中——

這時莉法耳朵忽然又聽見一道重低音。由遠方傳來一種讓整片天空為之震動的「轟隆轟隆」聲響。

影子終於整個蓋住月亮。但是由遠方照射下來的月光卻還是讓三角形影子的輪廓朦朧地浮現出來。只見它越來越大、越來越靠近。

看來那似乎是個圓錐形的物體。但目前為止還無法掌握與它之間的距離感。莉法皺著眉頭仔細觀察起那個物體。結果——

那個浮游物突然發出了光芒。

一道炫目的黃色亮光往四方散去。

看來它是由許多薄薄層狀物所堆積起來的物體。光線就是由層狀物裡發射出來的。它的底端垂下三根柱子，柱子前端還發出刺眼的光忙。

是船嗎……？還是房子……？莉法歪著頭這麼想著。在她思考的期間，該物體的外表也因為逐漸接近而不斷變大。現在它已經遮蔽住一部分的天空了。大氣裡的重低音讓莉法的身體震動了起來。

這時她發現最下層與上層之間似乎有什麼東西存在。那看起來像是幾根小突起物由下方往上延伸。不——那應該是——

建築物！數棟排著好幾層樓窗戶的巨大建築物聚集在一起。但是——如果以建築物的大小來換算的話，那這有著幾十層的物體光是一層就有風之塔那樣的高度了。這麼一來，那個浮空圓錐的整體高度……不就有幾百公尺，不對，應該有幾公里才對……？

「啊……難道……難道那是……」

想到這裡時，莉法腦裡忽然靈光一閃。

「那是……！」

她轉過頭來看向桐人。

桐人用力點了點頭，接著用興奮的聲音說道：

「沒錯。那就是——浮遊城艾恩葛朗特！」

「——！但是……為什麼？為什麼會出現在這裡……」

浮在空中的巨城好不容易減緩來勢，在快碰到世界樹頂端樹枝的地方停了下來。

「因為我想要跟它做個了斷。」

桐人沉穩地說道。

「這次一定要從第一層到通到第一百層來完全征服那座城堡。之前才通過四分之三的樓層就結束了。莉法——」

他砰一聲把手放在莉法頭上，接著才又繼續說：

「我現在已經變弱了……妳會幫我的忙吧？」

「……啊……」

這時莉法根本發出不聲音，只是凝視著桐人的臉。

——只要妳願意就可以到任何地方去。

淚水再度由她臉上流下，滴落到桐人胸口。

「——嗯。無論……你要去什麼地方……我都會跟著你……」

當她靠在桐人身邊抬頭看著巨大浮遊城時，腳下忽然有聲音傳上來。

「喂——你太慢囉，桐人！」

莉法將視線朝下方看去，馬上就見到滿頭紅髮上綁著黃黑色頭巾，腰間還掛著一把驚人長刀的克萊因飛了上來。

他身邊則跟著帶有大地精靈的茶色肌膚，背上扛著一把巨大戰斧的艾基爾。
此外還有垂著小矮妖專用的銀造槲頭，身上純白與藍色圍裙禮服發出亮光的莉茲貝特。
當然也少不了長著帶有光澤的黑色耳朵與尾巴，肩膀上還停著一匹水藍色小龍的西莉卡。
這時由莉耶爾與辛卡也牽著手飛了過來。
而紗夏似乎還沒習慣飛行的樣子，她手裡握著遙控器搖搖晃晃地飛著。
不知道是什麼時候與他們會合的，連朔夜與亞麗莎·露還有數名風精靈與貓妖玩家也都趕了過來。
另外下方還有一邊揮手一邊上升的雷根。
結果竟然連火精靈將軍尤金與他的部下們也出現了。
「喂，再不快點要丟下你們囉！」
克萊因留下叫聲後便與一大群人爭先恐後地在夜空中往上飛，朝向天空中的城堡直線前進。
最後面則是穿著白色束腰外衣與迷你裙，腰間掛著白銀細劍，肩膀上停著一只小妖精的亞絲娜甩著一頭長長秀髮在兩人面前停了下來。
「來，我們走吧，莉法！」
莉法畏畏縮縮地握起對方伸出來的手。亞絲娜笑了一下之後拍動背上水藍色翅膀並轉過身子。

她肩膀上的結衣也飛了起來，最後在桐人肩膀上著地。

「爸爸，快一點嘛！」

桐人清澈的視線往艾恩葛朗特看了一下，接著又低下頭去沉默了一陣子。這時他的嘴唇微動似乎在叫著某個人的名字，但由於聲音實在太小了而聽不清楚。

當桐人再次迅速抬起頭來時，往常那種自傲的笑容已經再次回到他的臉上。他將翅膀完全張開，用手筆直指著天空開口說道：

「好——我們走吧！」

〈完〉

後記

大家好，我是川原礫。謝謝各位購買我的第八本作品《Sword Art Online刀劍神域4妖精之舞》。

本篇雖然是由上下兩集所構成的故事，但它除了是第1集的續篇之外，也是篇非常非常漫長的終章。當初開始寫這篇故事時，我只是想寫主角‧桐人尋找並發現女主角‧亞絲娜的故事而已，但在加入許多要素之後就造成了這麼一大長篇的內容了。

而要素之一，便是「很普通地玩著RPG而已真的能夠成為一本小說嗎」的錯誤試驗。

我在創作《SAO》第1集時，認為RPG小說如果不附加上什麼條件就無法成立。因為遊戲內的主角就算遇見九死一生的危機，現實世界裡的他依然完全不會受到任何傷害。為了要消弭「只不過是遊戲」所以「只要重來就好了」的雙重不利要素，我只好在第1集裡加上了死亡遊戲，也就是遊戲裡的死亡就等於真正死亡的條件。

但是在我心中一直殘留著「難道真的是這樣嗎」的疑問。感覺如果RPG小說一定要有附加條件才能成立的話，那我身為MMO玩家所得到的興奮與感動也不過只是假像而已。於是是否能夠藉著故事表達出「與朋友們組隊後，戰戰兢兢地突破首次進入的迷宮時那種樂趣」，便是這分成上下兩集的「妖精之舞」最重要的題目。

至於我的企圖是否已經成功……從看完本書最後一頁的你會不會有「我也想玩玩看MMO」這樣的心情就能知道了（笑）。

以正統「虛擬世界網路遊戲」為故事內容的SAO系列將從下一集起完全轉移方向，開始進入橫衝直撞的暴走狀態。喜歡我作品初期氣氛的讀者或許會感到非常不適應，但唯一不變的就是，故事內容還是全由桐人氏所幹出來的好事所構成（笑），如果大家也能支持他今後的冒險我會感到相當高興。

與上一集相同為大量出現的角色們與怪物群畫下美麗插圖的abec老師、因為我補寫作業延遲而給您添了不少麻煩的擔當編輯三木先生，這次也非常感謝你們！當然也要對一直支持著我的讀者們獻上足以塞爆你們硬碟容量的感謝！

二〇一〇年一月二十八日　　川原 礫

大賞「大賞」作品最新一集——!!
「……鴉同學，這、到底是、
怎麼回事呢？」。」
站上國中校內地位金字塔頂端的能美征二已經敗退。
Silver Crow的「翅膀」回到春雪手邊。
而促成此事的「Sky Raker」
也已經回歸加速世界。
這些都讓黑雪公主所率領的「黑暗星雲」
成長為一股不遜於其他軍團的勢力。
有一天，春雪看到新聞報導軌道電梯「赫密斯之索」
將採用日本「公共攝影機網路」科技
從中察覺到了一個全新遊戲舞台即將出現的徵兆。
那就是「宇宙」空間。
當春雪排除萬難來到現場
他將體驗到的是由「神秘的遊戲營運者」
所提供的「BRAIN BURST」
史上最大規模任務事件——！
……先賣個關子，
另外還有另一件事同時進行
那就是黑雪公主跟春雪的過夜事件
而且連「Sky Raker」風子都跑來參一腳!?
期待已久的次世代青春娛樂小說續集!!
2010年年末發行!!!

令人盪氣迴腸的第15屆電擊小說
加速世界
05
Accel World
川原 礫
插畫／HIMA
漫畫版也將
開始連載！
「加速世界」
&「Q版
加速世界」
原作／川原 礫
人物造型設計／HIMA
作畫／合鴨ひろゆき
（《加速世界》）
作畫／あかりりゅりゅ羽
（《Q版加速世界》）
正於《電擊文庫MAGAZINE》
（逢偶數月10日發售）連載中!!!
特報!!
由川原礫&abec聯手打造，網路閱覽人次超過650萬的傳說小說第5彈！
桐人將挑戰充滿槍械與鋼鐵的ＭＭＯ遊戲「Gun Gale Online」！
「Sword Art Online刀劍神域 5」預計將在2011年年初發售！

Kadokawa Light Novels

C^3 —魔幻三次方—1~2　待續

Kadokawa Fantastic Novels

作者：水瀨葉月　插畫：さそりがため

「我討厭人類……我已不打算再聽人類的話，也不受人類指使……」

收到宅配送來的神秘黑色箱子，當晚出現的仙貝小偷少女（全裸）．菲雅，待圍繞她的一連串騷動總算告一段落，春亮總算得以喘息，回復平靜的生活……原以為如此，沒想到卻又收到了新的宅配包裹。而且裡頭放著的是全新的女學生制服……！

NT$180~190/HK$50

台湾角川

Kadokawa Light Novels

天魔黑兔 1~2 待續

Kadokawa Fantastic Novels

作者：鏡貴也　插畫：榎宮祐

一段誓言「絕不讓妳孤單」的故事……
顛覆校園奇幻小說，第二集登場！

理應已經死去的日向留給月光一句話，在這句話傳到的同時，宮阪高中升起了血紅的月亮，灑下侵蝕大兔等人身體的紅雨。這句「留言」究竟是陷阱，或是……一切謎題尚未解開，眼看希梅亞身上又要發生變化——大兔是否會犯下跟九年前同樣的過錯？

各 NT$190~220/HK$50~60

台湾角川

Kadokawa Light Novels

貓娘姊妹 1 待續

Kadokawa Fantastic Novels

作者：伏見つかさ　插畫：かんざきひろ

超可愛的貓娘姊妹
用貓咪的視點來看人類

貓又姊妹之中的三女美緒，滿十四歲時她終於成功化為人形。大姊命令美緒——先體驗了人類世界的生活後，再決定是否要以人類的模樣繼續生活。於是美緒為了要了解人類展開了七天七夜的人類生活……

台湾角川

NT$180/HK$50

國家圖書館出版品預行編目資料

Sword Art Online刀劍神域. 4, 妖精之舞 /
川原礫作 ; 周庭旭譯. —— 初版. —— 臺北市 :
臺灣國際角川, 2010.11— 冊 ; 公分
——(Kadokawa fantastic novels) ——

譯自 : ソードアート・オンライン 4
フェアリィ・ダンス
ISBN 978-986-237-399-6 (第1冊 : 平裝)
ISBN 978-986-237-586-0 (第2冊 : 平裝)
ISBN 978-986-237-824-3 (第3冊 : 平裝)
ISBN 978-986-237-916-5 (第4冊 : 平裝)

861.57 99019151

Kadokawa
Fantastic
Novels

Sword Art Online刀劍神域 4
妖精之舞

（原著名：ソードアート・オンライン 4 フェアリィ・ダンス）

2010年11月23日 初版第1刷發行
2023年6月7日 初版第25刷發行
作者：川原 礫
插畫：abec
日版設計：BEE-PEE
譯者：周庭旭
發行人：岩崎剛人
總編輯：蔡佩芬
副總編輯：朱哲成
美術設計：李思穎
印務：李明修（主任）、張加恩（主任）、張凱棋
發行所：台灣角川股份有限公司
地址：104台北市中山區松江路223號3樓
電話：（02）2515-3000
傳真：（02）2515-0033
網址：www.kadokawa.com.tw
劃撥帳戶：台灣角川股份有限公司
劃撥帳號：19487412
法律顧問：有澤法律事務所
製版：尚騰印刷事業有限公司
ISBN：978-986-237-916-5